"村超"密码

CUNCHAO MIMA

欧阳章伟 王永杰 ——— 著

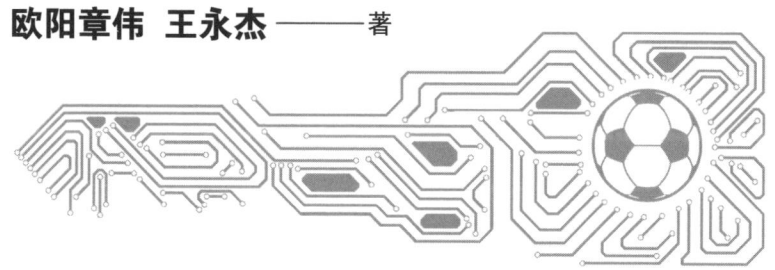

贵州出版集团
贵州民族出版社

图书在版编目（CIP）数据

"村超"密码 / 欧阳章伟, 王永杰著. — 贵阳：
贵州民族出版社, 2024.7（2025.1重印）.
ISBN 978-7-5412-2929-9

Ⅰ. I25

中国国家版本馆CIP数据核字第202462BS26号

"村超"密码

CUNCHAO MIMA

欧阳章伟　王永杰　著

策　划　人：孟豫筑　吴　迁
责任编辑：黎弘毅　廖华娇
特约编辑：裴星星　吕　睿　唐胜忠
出版发行：贵州民族出版社
地　　　址：贵州省贵阳市观山湖区会展东路贵州出版集团大楼
邮　　编：550081
印　　刷：贵阳精彩数字印刷有限公司
开　　本：787 mm×1 092 mm　1/16
字　　数：180千字
印　　张：13
版　　次：2024年7月第1版
印　　次：2025年1月第2次印刷
印　　数：6 201—16 230册
书　　号：ISBN 978-7-5412-2929-9
定　　价：68.00元

专家推荐

智纲智库创始人　王志纲：

"村超"的故事极其典型，本土人才的回归和外来人才的加入，合力激活了"深藏民间的高手"，终于把千年民族村寨搅动起来，搅得惊天动地。以欧阳章伟和王永杰两位小伙子为代表的大量人才纷纷回流，在故乡开辟新的事业。

知名学者、新闻评论家　龙建刚：

《"村超"密码》是一本好书，它真实生动、娓娓道来，代入感和可读性很强，是一本可以一口气读完的佳作。贵州"村超"既是史诗级现象，也是史诗级传播，更是贵州一笔弥足珍贵的文化资产。此书总结和盘点"村超"传播经验，是对贵州"村超"最好的致敬。

华东师范大学紫江特聘教授、华东师范大学–康奈尔比较人文研究中心主任　吕新雨：

贵州"村超"的流量从何而来？欧阳章伟和王永杰两位年轻人都是在"村超"的一线，为"村超"的发展做出了不可忽略的贡献。史诗级般的传播现象背后到底是什么，流量背后带给我们什么启示？这本书会给我们一个很好的线索。

北京大学新媒体研究院副院长　李玮：

《"村超"密码》这本书是对乡土文化在新媒体时代焕发出新生的一次深刻记录和探索。"村超"不仅是一次成功的传播实践，更是一种文化的传承与创新。

国防部新闻局原局长、新闻发言人，中国传媒大学媒介与公共事务研究院院长　杨宇军：

"村超"的传播奇迹，归功于好策划，归功于好话题，归功于接地气，归功于大格局。

北京大学城市与环境学院旅游研究与规划中心主任　吴必虎：

"村超"在一年内迅速火爆，成为举世皆知的"名作"，成为一个典型的文旅案例。深度参与"村超"活动组织与品牌打造全过程的欧阳章伟和王永杰，通过文字向读者条分缕析、娓娓道来这个故事的来龙去脉。

贵州对外文化交流协会会长　何京：

"村超"是由贵州人自己创造的，具有世界影响力的"现象级"数字化传播范例。两位作者率先掌握了数字化传播时代的裂变密码，"村超"现象提供的案例说明，数字化传播时代正强势改变人类的行为方式。

人民日报高级记者、人民网原总编辑　余清楚：

《"村超"密码》诉说"村超"故事，传递"村超"秘诀，是件大好事。故事里有感人的情节，有成功的喜悦，有创业的艰辛，娓娓道来，感同身受。

清华大学国家形象传播研究中心主任　范红：

"村超"的成功宛如一个历经艰辛、不断追求卓越的创业故事。欧阳章伟和王永杰这两位朝气蓬勃的年轻人，心中怀揣着"小县城也能搞出大动静"的宏大梦想，在榕江奋力掀起了一股利用新媒体全力打造乡村品牌、助力乡村经济蓬勃发展的全新风尚。

清华大学文化创意发展研究院院长　胡钰：

阅读此书，可以看到这一"现象级"乡创实践背后的思索、脉络与打拼，这些"密码"是属于贵州"村超"的，也是属于中国乡村振兴的。

中央广播电视总台体育频道主持人　贺炜：

这本书并不是"流量运营说明书"，正相反，它通过全链条流程剖析，向我们展示了文化塑造和创新传播的成功案例，以及由此可以引发的思考。

去干有意义的事

—— （自序一） ——

欧阳章伟

"村超" IP策划人、"村超"传播总策划、山呷呷创始人

七年前，我选择从南京回到贵州发展。

当时回来主要是源于自己的一个判断——贵州迎来了发展的好时机。回来前我给自己定了一个方向，那就是"做品牌"。利用自身在外积累的互联网资源，结合贵州的产业优势，推出自己的品牌产品和服务，于是我和我的合伙人陈显宇创立了山呷呷品牌。

作为一名从农村走出的大学生，从上大学开始，我有着较强的改变现状的想法，希望能通过自己的双手创造更多赚钱和锻炼的机会。在校期间我从事过旅游业，干过生态农业，摆过地摊，办过报刊亭，组建了创业团队。

因为在学校创业小有名气，所以还没毕业，我们团队就被无锡的一位企业家看中，他投资了上亿元在山东菏泽建造马金凤大戏楼，我们团队被聘请为其做项目管理，工作包括土建、业态规划、招商以及物业管理等。

山东的项目步入正轨后，该企业家与另外一位朋友给我们投资了500万，支持我们到南京发展。当时互联网风潮正盛，我们毅然选择了移动互联网行业，主要做APP开发和运营，开发了大学宝APP。经过运营，我们的业务范围覆盖了全国200多所高校。正当我们稳扎稳打，一步一步扩大市场

时，互联网开启了"烧钱"模式。最后这个项目在资本的围攻下夭折，退出了市场，消失在互联网的滚滚浪潮中。

创业虽然遭遇挫折，但经过互联网竞争洪流的历练，团队的每个人都有了独当一面的能力。后来我选择了去互联网企业工作，每月2万多的工资对于刚毕业不久的大学生来讲是不错，但我时常在思考，如果就这样一直干下去，我无法实现自己的理想。

在外多年，我一直关注着家乡贵州的发展。后来我想，与其背井离乡，不如将这些年掌握的互联网经验和知识带回老家谋求发展。

我有幸经历了互联网时代的内容兴起，与当时的各个互联网大厂也都打过交道，发现了互联网内容创作蕴藏的巨大能量与潜力，在互联网时代，打造品牌的核心是内容。在内容方面，从图文时代到短视频时代，再到现在的直播带货时代，每一次转型我都幸运地踩在正确的点上。

我一直在思考，内容如何转变为生产力，助推电商发展与品牌打造，从而开拓新的电商模式。

一个理念在我脑中愈加清晰和坚定，要想把我们贵州的好货卖出去，卖出好价钱，必须得有品牌意识。这种品牌意识不是依靠传统的户外广告、电视广告等铺天盖地的宣传，而是要有互联网的品牌意识，核心就是要打造内容，通过讲好故事去提高新兴品牌的影响力。"新媒体+内容电商"势在必行。

想法远比现实更美好，回来几个月后，我发现一个阻碍创业和发展的致命问题——专业人才少。不管是新媒体还是电商，核心是运营能力，运营能力的关键是人才。这些年，我一直坚持人才培养，通过内部培养与送出去学习相结合，终于打造了相对完善的人才体系。

至于为什么我会和榕江结缘，冥冥之中仿佛有着一种奇妙的缘分。

2021年底，听身边不少人说有一个从深圳调到榕江的领导，特别重视新媒体电商发展。在贵州的一个小县城有人提出发展新媒体产业，我还是第一次听说。这是怎样一个领导呢？我颇感好奇。

后来一起从事电商行业的朋友把我拉进了一个榕江县新媒体电商发展的微信群，这位县领导也在群里。他每天都会在群里分享他对榕江发展新媒体产业的思考，并和大家一起讨论。在沟通中我们很多想法不谋而合，我主动加了他的微信，就这样我们认识了。我受邀去了一趟榕江，当面和他谈了一个多小时。就是这一个多小时的交流，让我为之一振——这是我目前见过对新媒体发展认知十分透彻的领导。

没过多久，榕江县领导率队到我公司考察，我们畅聊了许久。正常来说，做我们这个行业，只要自己有核心运营能力，盈利不是太大的问题。但我一直想着把业务拓展到榕江去发展，干点超出赚钱之外的事儿，干一件对贵州来说充满意义之事。

我给自己定了两个原则，一方面就是要做好自己经手的每一件事，靠自己的能力给榕江的发展增光添彩；另一方面就是要做有挑战的事。作为一个民营企业经营者，我看到这几年乡村振兴发展如火如荼，一直想带着团队到基层去深度参与乡村建设。只有真正扎根到泥土里，才能真正懂农村，懂得怎么卖好我们贵州的东西。于是我与榕江的缘分大门由此打开。

决定到榕江发展新媒体产业后，我们在榕江成立了分公司，榕江县领导亲自带着我们跑了很多村寨，就是想通过新媒体"引爆"乡村旅游，利用"内容+产业"打造出一个发展样板。

从县城驱车一个半小时，我们来到了平阳乡小丹江苗寨。寨子依山傍水，风雨桥连接溪河两岸，河水宛如翡翠，清澈见底。放眼望去，苗族吊脚楼保存完好，仿佛一瞬间就将人带入了一个神秘而迷人的地域。

我们决定，新媒体产业助力乡村振兴的第一站就定在小丹江苗寨。

第一件事就是打造人物IP，持续输出内容。正好我公司有一名员工就是榕江人，他是他们村第一个考上大学的年轻人。得知我们此举能帮助家乡发展，他充满了干劲。

我们选择通过新媒体为文旅赋能的想法源于长时间以来的观察与分析。我注意到，很多景区或者古寨都将发展重心放在了基础设施建设上，而忽视了内容的开发和打造，所以形成了很多"千城一面"、处处卖同样的义乌小商品的古街古寨的景象。景区建设和内容相互协调、相得益彰非常重要，景区建设甚至要为内容服务，因为这个时代已经不是一个产品为王的时代，而是一个内容至上的时代。

如今这个注重体验感的时代，文旅的核心还是要在做内容上下功夫。我们在小丹江寨规划了"十大网红打卡点"，按照"网感化"去做景区。

我们将策划爆点放在了风雨桥和清澈见底的水上，我将风雨桥取名为"天水合一桥"。我们拍摄并制作了村民们从桥上一跃而下，随即呈现水下画面的视频。通过此类视频，人们感受到夏日玩水的畅快淋漓，激发了人们探索的冲动和向往。这个热点让很多人关注到这个以前鲜为人知的村寨。不出一个星期，就有很多自驾游客因看到短视频而慕名前来。

当地村民对此感受最深，一位大姐攥着我的手说："你们真是会搞，我从来没见过这么多人开车来我们村里。"她家正巧在路边开了一家小卖部，后来还开了一家农家乐。每到周末，游客几乎如约而至，从各地自驾来到小丹江苗寨，点名要去跳水"打卡"。大姐整天忙于接待，笑得合不拢嘴。生意实在火爆，她直接将自家的自建房改造成几间民宿，供客人住宿。

随着内容的不断输出和游客"打卡"传播，小丹江苗寨在短短三个月时间，从一个默默无闻的村寨，到在抖音上引发5 000万网友关注，成为抖音黔东南旅游好评榜第一名，并登上了黔东南旅游收藏榜第二名，而第一名的西江苗寨和第三名的镇远古城都是老牌景区。

前来"打卡"的游客多了，小丹江苗寨旅游业迎来了挑战。游客们认为，这里这么漂亮，要是有个高端一点的民宿就更好了。其实这就是我们做新媒体引流的目的，我们为什么不一开始就投入大量精力和资金去修建民宿或者打造其他产品业态，就是想通过内容引流来推动市场需求。这个时候，我们有了数据的支撑和游客需求的支撑，便开始放心地启动民宿等重资产投入建设。如今民宿已经建设完毕并开业运营，基本上是一房难求。在此基础上，我们又开始了更多内容的打造输出。下一步就是围绕游客的体验开发苗寨的文旅附加产品，从"欣赏风景"到"带走风景"，让村民能够更好地享受到发展带来的红利。

除了深度参与小丹江文旅运营外，我还是榕江县新媒体电商总顾问。既然担了这个名头，我就得负起相应的责任，不能只从企业利益的角度考虑问题。我们花了差不多两个月的时间，梳理了榕江现有的产业，走访了榕江各个乡镇，了解当地的产业情况和销售难点，走访了很多乡村创业者，吸引了一批大学生返乡加入我们团队，共同赋能全县新媒体电商产业发展。

回想起来，我们之所以选择到榕江发展，主要原因在于当地领导对新媒体的认知和实干为民的工作作风。作为企业，我们也需要在农村的广大天地中找到自己的企业价值和使命责任。这件事本身的意义已经超越了金钱，我相信只要我们一直踏踏实实地干下去，榕江一定会有机会闪耀在世人面前，就这样努力着，"村超"应运而生了。

2024年5月

一个爱折腾的人

—— （自序二） ——

王永杰
"村超" IP核心发起人、"村超" 传播负责人

2014年一毕业，我就很幸运地找到了自己喜欢的工作，进入遵义市汇川区外宣中心从事新闻宣传工作，成为一名"微信小编"。

2015年，荔波县以全域旅游为发展战略开启了自己的城市发展探索新路。利用新媒体宣传营销城市，成为当时党政领导极为关注的一件大事。荔波县开始在全国范围内广纳传播人才，机缘巧合下我被荔波县以特殊人才的身份引进到县委宣传部，成为一名记者。

在微信公众号成为信息传播主要平台之一的时代，我和"战友"覃晓康（现任荔波县文化广电和旅游局副局长）进行了一系列的内容和表达上的创新，新媒体有力助推了荔波县城市形象打造和旅游产业发展。

时间来到2018年，经过多年历练，我已成为单位负责外宣工作的中层干部。短视频时代已悄然而至，如何在新的风口和新的平台上让荔波县文旅宣传更上一层楼？我想，受众在哪里，我们的内容就应该在哪里。

偶然的一个早上，我习惯性地打开电脑开始浏览各类新闻和最新的媒体发展动态，一条新闻让我眼前一亮——《"山里DOU是好风光"文旅扶贫项目在甘孜州稻城县启动》。我马上端坐起来，认真阅读里面的每一个字："11月29日，在四川省甘孜州稻城县，字节跳动扶贫总经理杨洁宣布，正

式启动'山里DOU是好风光'项目。据了解，该项目将以抖音为主要平台，助力更多贫困地区文旅扶贫……"此时的我犹如被注入了一针兴奋剂，这不就是给荔波县量身打造的吗？于是我开始在网上搜索该项目的详细信息，最终找到了项目报名邮箱。随即我马上将想法汇报给了当时荔波县领导雷达同志。"抓紧对接，力争落地"，有了领导的大力支持，我详细整理了荔波的资料并发送到报名邮箱。这一封邮件由此开启了我与抖音的奇妙缘分。

经过几个月的考察与调研，抖音成功与荔波县签订了战略合作协议。随后我深度参与了该项目的执行落地，开展了新媒体技能提升培训会，培养荔波县新媒体人才和扶贫达人共计329人；结合荔波文旅特色和传播诉求，邀请房琪、小小莎老师等9位"大V"前来进行内容创作，引发了大量粉丝的关注和互动，策划了抖音挑战赛"荔波DOU是好风光"。

通过线上和线下结合推广，"荔波DOU是好风光"相关视频累计播放量超过3亿次，荔波县在抖音平台上的强大曝光，将"数据流"变为了"人气流"和"经济流"，在"五一"小长假期间贵州省荔波县迎来50多万人"打卡"。2019年5月1日至4日，荔波县共接待游客526 350人次，同比增长了65.98%，旅游综合收入50 190万元，同比增长68.11%。旅游市场持续井喷，各项数据均为历年来增长幅度最大值。由此，通过和抖音的合作，荔波成为贵州省第一个通过新媒体助力文旅产业发展从而吃到螃蟹的县。

这次和抖音的合作打开了我的"脑路"。作为一个旅游城市的县级融媒体，传播不应该只停留在一年上几次《人民日报》和上几次央视新闻，应该充分利用传播趋势和传播平台，形成内容传播矩阵，剑指品牌打造。利用品牌虹吸效应吸引优质资源，汇集助力地方发展。传播不是一种简单的宣传工具，而是一种强有力的生产力。

转眼来到2022年，我从新闻上看到榕江县举全县之力发展新媒体产业，提出"把手机变为新农具、数据变为新农资、直播变成新农活"的发展思路。我被其深深吸引，并认为这就是我最想干的事。说巧不巧，正当这个时候，榕江县也在四处寻找具有新媒体思维的人才加入这项事业。经过欧阳章伟引荐，我认识了榕江县领导。我依然很清晰地记得，见面那天到达榕江已经天黑，在榕江县政府大院的一棵大榕树下摆有一张喝茶的桌子和四把椅子，远远地看过去，县领导早已在此等候。他一见面便问我有什么想法，我花了十分钟阐述了我对新媒体产业发展的见解，没等我说完，县领导便抢先说道："哎呀，你说的这些就是我们要干的事啊，来榕江吧，我们好好大干一场。"这是我这么多年的想法被县级主要领导最直接认可的一次，顿时心里升起一股暖流。"士为知己者死"这句话在我心里默然升起。

从荔波县调来榕江县，我担任融媒体中心副主任，主要负责对外宣传和新媒体传播。出于职业习惯，我专门去浏览了"榕江发布"官方抖音号——粉丝为2.8万，发布内容多为政务动态新闻。这个数字让我皱了眉头，相对于全县38.9万的人口数量，"观众"实在是有点少。

刚到岗位第一天，我便问新媒体部门负责人是谁，有哪些人，大家一起聊聊。出乎我意料的是，榕江县融媒体中心竟然没有建立专门的新媒体部门，平时的内容全靠各位记者顺便剪辑发布。相对于荔波县媒体的发展情况，榕江县在这方面确实是落后了。但我想既来之则安之，落后不要紧，只要朝着正确的方向前进，什么时候努力都不算太晚。

不久，县领导就专门到融媒体中心调研，提出要以创业精神进行媒体改革，围绕"新媒体+文旅"，出人才、出精品、出经验、出典型、出效益，短时间内让榕江县迅速火爆"出圈"，不断讲好榕江故事，传播榕江好声音。

一个星期后，融媒体新媒体部门正式成立。负责办公室收发文的彭再琦和负责外宣工作的杨懿两位同志加入新媒体团队。虽然成员都未专门从事过新媒体工作，但是只要有了人，一切就有了希望。就这样，一个不太专业的新媒体团队开始了自己的创业之路。

要干事，第一要义是用思想武装头脑。我们可以没有熟练的剪辑技术、可以没有强大的策划能力，但是必须有新媒体的传播思维。要让大家意识到宣传居然可以这样做，新闻居然可以这样好玩。

有这样三个新媒体传播视频在我记忆中尤为深刻。

一是"侗家人的晚餐从来不缺优雅的弹唱"。

一次陪县领导到三宝侗寨调研，工作结束时天色已晚，我们就在寨子里找了一家位于河边的农家乐吃饭。当地有名的侗族服饰非物质文化遗产传承人赖蕾老师在饭桌上说，侗族人家欢迎客人可是要在饭桌上唱上几首祝酒歌助兴的。于是我有幸第一次现场听见了侗族琵琶歌。正在读大学的几位侗族

2022年10月25日20：35王永杰首次到榕江

11

阿妹身着侗族服饰，手弹琵琶，歌声悠扬婉转。夜色凉风，美好的旋律浸润心底，一股莫名的感动如暖流般涌上心头。

作为媒体人的我，马上意识到这是一个绝佳的宣传侗族文化的机会，于是马上拿起手机将此情此景录了下来。随即我的脑海里马上浮现出一个标题"侗家人的晚餐从来不缺优雅的弹唱"。这段视频素材一经发布便迅速登上网络热搜，央视等新媒体平台纷纷采用并发布。多彩贵州为什么多彩，我想这一顿晚餐告诉了我答案。要传播好我们的民族文化，让更多的人真正地有代入感和体验感，那么民族文化元素的生活场景化就显得至关重要。晚餐是我们每一个人每天都会经历的生活场景，但是侗家人的晚餐却与众不同，他们会优雅地弹唱，让这一顿晚餐充满仪式感、文化气息，给人带来炙热的感动。生活场景化的表达让受众产生强大的共鸣、认同和话题感，这正是贵州少数民族的独特之处。

二是"榕江大姐自创锄禾日当'舞'"。

在和欧阳章伟一起到榕江县平阳乡了解当地文化时，我习惯性地打开抖音同城定位，无意间刷到一位大姐和她的朋友们在小溪边跳舞的视频。视频中的舞蹈动作完全是平时干农活锄地、筛糠的动作。我觉得这位大姐实在太有才了，必须让她"火"一把。在后台与她联系并征求本人同意后，我将视频里面的舞蹈取名叫"锄禾日当'舞'"，配上标题"村里姐妹们的郊游：大姐自创锄禾日当'舞'，闪耀溪边舞池"。将该素材发给媒体后，贵州广播电视台专门打来电话，想与我们一同进行跟踪报道和发起"锄地舞挑战"。这段视频得到众多网友的点赞和评论："快乐其实很简单，大妈的舞步你给几分？""艺术源于生活一点也没错。""她在蹦一种很新颖的'迪'。""看样子大姐挖地筛糠样样精通。"

将农村日常劳作加以舞蹈的表现，给人一种生活状态的反差感和松弛感，让人被这份快乐传染，由此引起话题讨论，甚至进行行为模仿。这样一个欢乐的场景其实反映的是当下农村老百姓的幸福生活，和他们追求美好生活的一种态度。脱贫致富之后，物质生活的改善让群众在精神上得到了解放。所以有了姐妹们郊外聚会的闲暇时光，有了自由的舞蹈。这次传播让我感觉到榕江到处充满了快乐的精神，也让我感觉到乡土化的"土嗨"式快乐更能让人充满向往和意犹未尽。相对于城市中的大众来说，一种脱离掉身份的自由其实是大家所期望的难得放纵。

一份忘掉身份的快乐其实很难得，很多时候人被标签所桎梏。比如，郊游舞会就一定是城市人的周末生活方式？美好的体验一定要配以精致的场面？广场舞就一定是大妈大爷的专属？快乐的成本变得越来越高，人为的概念高墙越砌越高。消费主义的裹挟让人将快乐和物质进行高低配对，将每个人的行为都标签化和物化。

三是"'老村长'自学短视频拍摄宣传家乡，360度运镜太疯狂"。

榕江县两汪乡空申苗寨举行"名誉村长"聘任仪式，聘任大湾区的一批企业家作为村寨的"名誉村长"，助力乡村振兴。在聘任仪式上，一位老者引起了我的关注，因为他实在太过于抢眼，在广场上辗转腾挪，不停用手机记录着各种画面。为了让拍摄的画面更稳，他扎着标准的马步前后左右移动镜头。最为夸张的是为了增加镜头丰富度，老者将手机进行360度翻转拍摄。一顿操作下来，他已经成为全场"最靓的仔"。我随即将老者拍视频的场景拍摄下来。结束后我主动上前与其攀谈起来，一问才得知，原来他还是空申村以前的村主任，看来人家还是一位"老村长"。等他"创作"完毕，我走到他身边问他为什么这么卖力地拍摄，他说："县里在发展新媒体，我们都要学会玩手机，我想把今天的喜事拍出来发在抖音上，宣传下我们村，希望更多人来玩。"

我被他说的话所震撼，没想到一位60多岁的农村大爷也能具有如此的新媒体思维，看来榕江县的新媒体发展战略确实是已经深入田间地头，深得群众"芳心"。这段视频素材发出后，新华社、人民网等新媒体官方账号纷纷采用发布，并引发了热议。"贵州'老村长'极限运镜宣传村寨""'老村长'拍摄短视频360度运镜疯狂走位"等标题很快吸引了大量网友围观。网友们纷纷追评道："我们要看'老村长'成片，在线等。"最后多家媒体联系上我，说应网友要求，请大爷展示一下他的成片。

就这样"老村长"火了，空申村这个苗族村寨也得到了大家的关注。"老村长"、新媒体、短视频、夸张的拍摄动作，以及为了宣传村寨而努力的精神等一系列元素结合在一起，给人一种身份的反差和精神上的正向鼓励。看似应该只有年轻人才关注的新媒体，"老村长"为了宣传家乡也主动学习拍摄这项技能，并通过自己夸张的运镜方式引发大量的关注，从而展现美丽的乡村景象。

在这背后是榕江县在2022年提出发展新媒体产业，抢跑新赛道，用乡村流量赋能乡村振兴的战略布局。经过县政府引进的"家乡来客"助农团队，通过扫盲式的新媒体思维普及和新媒体陪跑式技能培训，在全县963个村寨里，培养了数万名一边做农活，一边做直播的村民，"老村长"便是其中之一。

这些看似平常的事情，在我眼里都是"宝藏"，他们只是缺乏发现美好的眼睛。我坚信，利用好新媒体传播，能挖掘出榕江更多的"宝石"。

2024年5月

目录
Contents

引子：贵州"村超"火爆"出圈"，做对了什么？

　　小县城搞出大动静，对榕江来说，2023年的夏天注定不凡。截至2024年7月，一个足球踢出700亿网络大流量，吸引游客765.85万人次，实现旅游综合收入83.98亿元。截至2024年12月，与"村超"相关的网络流量已超900亿。

　　"村超"这一"现象级"乡村赛事被央视评为"中国式现代化实践的生动诠释"。国家主席习近平在二〇二四年新年贺词中指出："假日旅游人潮涌动，电影市场红红火火，'村超'、'村晚'活力四射，低碳生活渐成风尚，温暖的生活气息、复苏的忙碌劲头，诠释了人们对美好幸福的追求，也

"村超"之夜

"村超"胜地

展现了一个活力满满、热气腾腾的中国。"这是自"村超"火爆"出圈"以来，对"村超"的最大肯定和最高评价。同时，"村超"还上榜了2023年度乡村振兴十大新闻、2023年度中国"十大流行语"，并入选2023年中国公共关系优秀案例、2023年抖音热点十大旅行目的地和2023年抖音热点大事件。

　　"村超"是榕江县乃至贵州省各级领导干部和全体老百姓共同推出来的城市IP，更是担当有为闯新路，主动谋求新发展的成果。在我们看来，"村超"可以说是全民参与的"现象级"文化盛宴、全民参与的"现象级"体育

赛事、全民参与的"现象级"传播案例、全民参与的"现象级"品牌打造。

我们有幸作为贵州"村超"IP的策划人和传播操盘手，有必要将"村超"的来龙去脉和成长过程进行纪实性的书写和深层次的解读。这既是对我们创新探索的全面回顾，也是对"村超"IP的彻底复盘。同时，我们希望这本书能为更多的地方提供一些借鉴和启示，通过"村超"火爆"出圈"的方法论，更多的地方能找到自己的IP。

以新媒体为先手，用传播思维做策划，将传播思维贯穿始终，我们借此探索出了一条县域IP赋能产业高质量发展的新路子。

"不经一番寒彻骨，怎得梅花扑鼻香。"回望"村超"火爆"出圈"的这一年，从0到1，这个过程可以说"山重水复疑无路，柳暗花明又一村"。从最开始的苦苦思索到每一个深夜的策划，从打开流量密码的大门再到品牌的形成与效益凸显，一切都历历在目，虽然其中充满艰难与辛酸，但是也不乏温暖的存在。

"村超"到底是怎么来的？"村超"是怎么用传播思维做策划的？怎么将新媒体运用到极致从而赋能品牌打造？一个欠发达地区如何挖掘比较优势，融合发展，闯出新路子？怎么将一个非旅游城市打造成网络热点旅游目的地？大家关注的一系列"村超"之谜，我们将在本书中一一进行解答。

"村超"火爆"出圈"后，很多专家学者、政府领导、企业家等去榕江县调研，想要一探究竟，了解"村超"背后到底有什么成功密码。虽然在很多场合，我们也进行过一些"村超"打造过程的分享，但都比较零散，而本书将结合我们的工作日志，从实践到方法，进行翔实而系统地叙述。

我们越来越意识到，"村超"这个IP背后蕴含的方法论和思维方式或许能为文旅产业、品牌打造、新闻传播、社会治理、市场营销、公共关系、民族文化等领域带来一些新的思考。

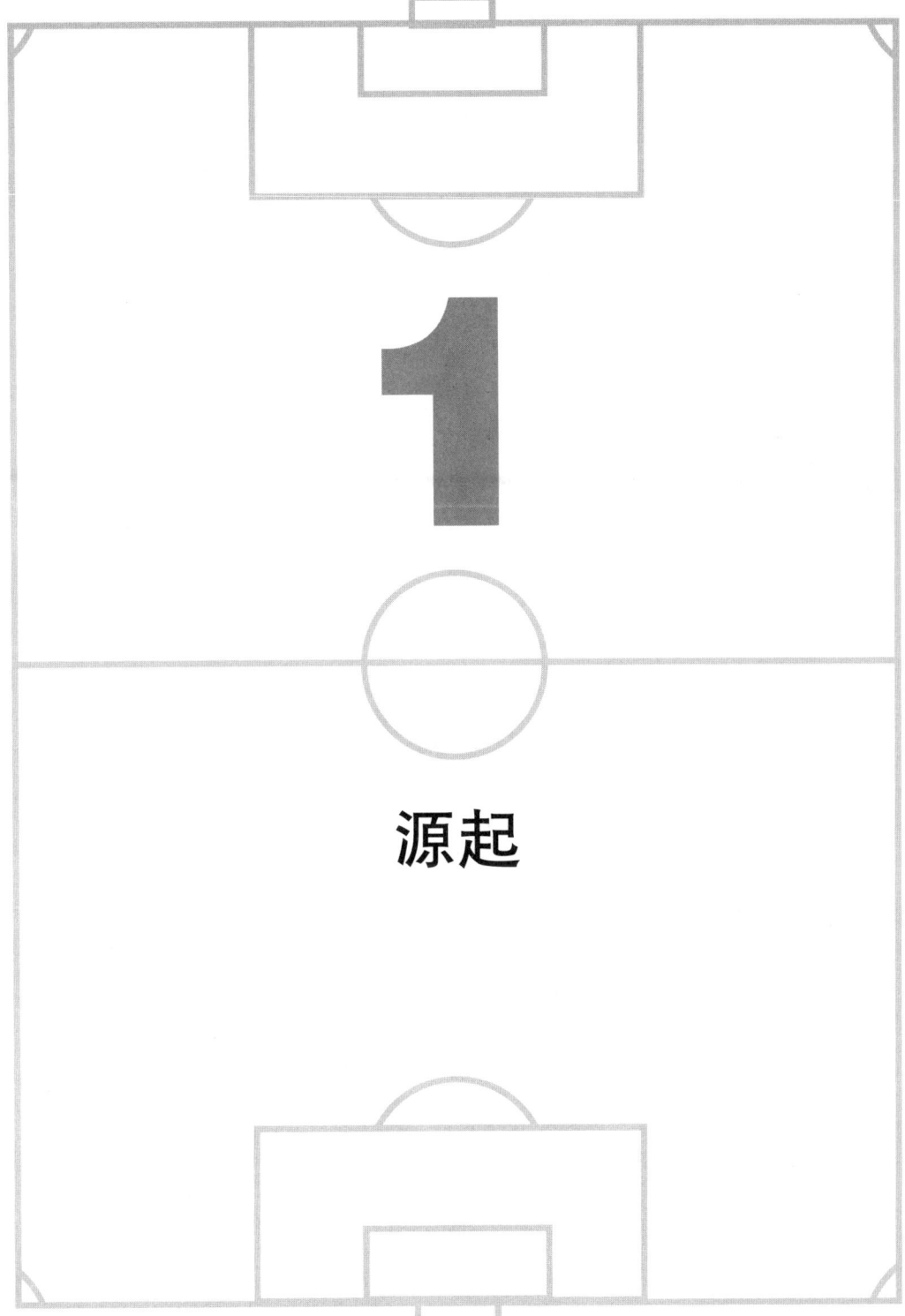

1

源起

1.1 "村超"不是一蹴而就
——五次失败的探索

讲述人：欧阳章伟

担任榕江县新媒体电商助力乡村振兴产业总顾问的两年时间，让我切身体会到了榕江县新媒体产业的蓬勃发展和长足进步。

虽然在很多人看来，"村超"的"爆火"是偶然的，但作为伴随着榕江闯新路的一员，我深知并非如此。"村超"火爆"出圈"之前，榕江县经历了五次失败的探索。

斗牛赛

第一次是"大山里的CBA篮球邀请赛"。2021年12月4日，榕江县乐里七十二寨斗牛城篮球场举办了一场"大山里的CBA篮球邀请赛"。但是受新冠肺炎疫情影响，观众不能入场，只能通过网络渠道收看直播，因此整个赛事缺乏震撼性场面，很难产出优质的视频内容，最终这个"爆火"的机会失之交臂。

鼓藏节祭祖仪式

第二次是斗牛赛。斗牛是当地群众喜好的活动之一，2021年12月，榕江县乐里七十二寨组织了一场斗牛赛事，吸引了近两万人现场观看。但因斗牛赛事传播受限，最终也以失败告终。

第三次是苗族鼓藏节活动。苗族鼓藏节是苗族每13年举行一次的祭祖盛典，被列入第一批国家级非物质文化遗产名录，其规模宏大，场面壮观，内容丰富而神秘。2022年12月，榕江县兴华乡摆贝苗寨举办苗族鼓藏节，这次活动完全遵从传统仪式进行，历时10天，从中可以看到苗族的生产、生活、习俗等风貌。这次策划是我们来到榕江参与的首次"出圈"探索。活动开始之前，从关注个体人物、展现大场面到创新表达方式等方面，我们做了详细的策划方案，并在县领导主持的政府专题会议上讨论通过。

　　不幸的是，王永杰在比赛前一天突然发高烧，伴随着全身酸软。虽然身体抱恙，但他仍然坚持通过手机亲自调度安排。他所在的新媒体团队里仅有两位同事可调用，无法单独完成系统性的内容输出，于是他给我打电话："紧急支援，把你们公司懂新媒体拍摄和剪辑的人员借我一用，不然这次'出圈'任务根本没办法完成。"我二话没说，立即安排榕江分公司的负责人唐毅与其对接，并下令："全体公司成员听王永杰主任指挥，全力助力榕江'出圈'。"就这样王永杰在发着高烧的情况下与我公司的小伙伴一起完成了摆贝鼓藏节的传播工作。

　　不出所料，当天鼓藏节仪式的场面一经发出就成为网络热点，上千人举着经幡绕圈祈祷，尘土在脚下飞扬，阳光照射下一种古朴的历史感和穿越感直击心灵。热点名称也颇为有趣，叫作"苗族鼓藏节重现围攻光明顶'名场

苗族特色经幡

过侗年

面'"。王永杰的想法是，如果要说文化就一定不能只停留在文化本身，而是要进行情绪的共鸣和情感的互通，以及内容上的跨领域结合。用一个大家耳熟能详的场景加上民族文化独特新颖的场面进行融合与创新表达，会更容易让受众产生亲近感、关联性，提升话题关注度，让人们对文化的认知不是只停留在概念上，而是"与我有关"的情感连接上。我们国家的非物质文化遗产极为丰富多彩，如何让苗族鼓藏节脱颖而出？我们将影视剧《倚天屠龙记》里的场景与节日庆祝的场面进行了关联，引发了大家的文化共鸣和对这一文化现象的讨论。该热点持续了一个星期，始终保持着活跃的热度。

第四次是"侗年+乡村旅游"。侗年是侗族最为隆重的传统节日，到了过侗年的时候，各家杀猪宰羊，杀鸡杀鸭，请客访友，宴饮作乐。侗年是国家级非物质文化遗产代表性项目，榕江县希望通过侗年这样的民族节日增加旅游内容丰富度，吸引游客。

2023榕江半程马拉松赛

　　第三次和第四次活动现场都十分热闹，吸引了上万名外地游客前来"打卡"，推动了乡村旅游发展。在这些活动过程中我们发现村寨接待能力有限，且传统的非物质文化遗产缺乏广大受众，缺乏产业接续，一旦新鲜感过去，热度很难持续，最终也只是一时热闹。

　　第五次是2023年3月举办的榕江半程马拉松赛以及三宝侗寨萨玛节民间祭萨活动。基于鼓藏节"出圈"探索的失败经验，我们想到将大众体育和民族文化进行有机结合，再次进行探索。我们将活动主场放到了县城和离县城不远的三宝侗寨。民族风情巡游、祭萨大典、侗族千年文化的传承、文体旅融合等都在这场活动中一一呈现。萨玛节后的第二天，在榕江半程马拉松赛鸣枪仪式上，人类非物质文化遗产代表作侗族大歌、国家级非物质文化遗产侗族琵琶歌等轮番上演，竞技体育与民族文化相得益彰。此次比赛吸引了省内外3 000多人参赛，提高了榕江的知名度，为三宝侗寨景区带来大批游客，也引发了众多媒体关注，形成了相关的网络热点。

基于第五次探索，我们发现了一个核心问题，就是活动缺乏长期热度、经济上的可持续性和群众的深度参与性。马拉松不可能天天跑，"萨玛节"也不可能天天过。很遗憾，这一次榕江县的"出圈"探索又失败了。

"博观而约取，厚积而薄发。"打造城市IP并非易事，在多次的尝试中，我们不断总结经验，发现了一些要点：一是要有文化的融入；二是打造的IP要有广泛的群众基础和认同；三是政府不能大包大揽，应该发动群众，来一场人民的狂欢；四是要找到一种在世界范围内共通的"语言"；五是要巧妙用好新媒体这一传播平台，并在短时间内形成"现象级"曝光。

要打造一个全民参与、传播力强，并具有热度持续性、品牌性以及经济带动性的城市IP，并非一蹴而就。我们曾在失败的泥坑里跌跌撞撞，但我们没有放弃，爬起来继续前行，打起精神进行一次又一次的探索与实践。正是在这样的过程中，"村超"的故事开始浮出水面。

1.2 "村超"IP的首次提出
——凌晨的头脑风暴

🎤 **讲述人：欧阳章伟**

2023年1月29日（大年初八），朋友圈的一条视频意外地吸引了我，这条视频来自榕江县车民小学校长杨亚江，内容是人们在足球场边敲锣打鼓，四个大汉抬着一头头上绑着大红花的猪在足球场巡游，并将这头猪作为奖品颁发给冠军队伍的画面。

我随后就把这条视频转给了王永杰，还没等我做任何描述，他就已心领神会。这样接地气且具有仪式感的画面，显然是具有传播效果的，于是我们立即商量，策划把视频推广出去。

2023年1月29日00:11

王永杰

> 媒体对这个方面的报道还不够深入，我刚看到了一些新的内容，感觉还不错。

> 一个村子举办的联赛，这真的很有特色。

欧阳章伟

王永杰

对，榕江这个地方真的有好多值得挖掘的东西。

猪作为奖品，大妈参赛，这些亮点要是一开始就跟踪，真的很有看点。

欧阳章伟

王永杰

如果早知道这些，我肯定会亲自去跟踪拍摄。唉，太可惜了。我得加更多朋友的微信，以后这类活动一开始我就知道了。这个比赛真的很有宣传价值。

2023年1月29日00:26

欧阳章伟

你想啊，给冠军队颁奖，奖品居然是一头猪，这是多么不可思议的事情。以往足球都是由领导颁奖，咱们榕江不一样，村主任带人抬着猪，颁给穿队服的冠军队伍，反差感多么强。

明天搞，我剪视频。

王永杰

欧阳章伟

猪都被吃了，你搞啥？

那只能用现有的素材尽量拼凑了，或者找他们在场的人要些素材。

王永杰

欧阳章伟

那个抬猪的视频如果拍得好一点，配上文字就可以直接给媒体了。对了，你认识杨亚江吗？他是个活跃分子，也是车民小学的校长，微信名叫风信子。我把他的微信名片推给你，还有乐里中学杨杰老师。

可以，明天我跟他们聊一下。杨亚江是我多年前就已经认识的摄友，可以一起合作。这个活动，民间很热闹，官方静悄悄。这就是榕江足球文化。

王永杰

欧阳章伟

榕江"寨超"联赛，冠军奖品用三轮车来拉，这必然是个"爆点"。

　　"榕江县太有东西了！但在媒体的使用方面还不够深入。要是能从传播的角度策划一下就好了。"一种强烈的感觉涌上心头，榕江县"出圈"的机会来了。我们聊着聊着，在00：41，我首次提出了"村超"IP的概念。同时，我们也不禁感叹："要是开赛之初以传播思维进行系统性策划，榕江早已'出圈'了。"

2023年1月29日00:41

欧阳章伟

我感觉，榕江真的错过了一次大火的机会。抖音上有一些相关视频，如果把视频做得更好，再通过各种媒体推广，将榕江"村超"概念推出去，说不定能火起来。

欧阳章伟

你觉得推"村超"好还是"寨超"好？我想，"寨超"可能更适合榕江，因为全国有太多村子了，"村超"可能显得没有特色。

欧阳章伟

标题可以这样写：1.感受一下贵州榕江"寨超"火爆现场。2.贵州榕江"寨超"冠军奖品登场，奖品是一头猪，四个人抬得满头大汗。3.贵州榕江"寨超"冠军颁奖，奖品要用三轮车拉。我明天联系一些自媒体发布这些内容。你搜集到的素材也给我们一份，我让唐毅他们剪辑视频时使用。

好的。

王永杰

遗憾的是可用于传播的视频素材实在太少，于是我主动寻找一切可以找到视频素材的渠道，并与榕江做自媒体相对比较活跃的人士联系，当时我把印象里比较活跃的车民小学校长杨亚江、乐里中学的杨杰老师、"啦啦哥"陈翔等人的联系方式推荐给了王永杰。

我和王永杰突发奇想，可以在乡村体育这个独特的赛道中，为榕江打造一个以足球为载体的"村超"城市IP。

榕江的足球赛事已经连续举办了十几年，为什么没有"出圈"？回答好这个问题就能有助于我们"出圈"。

我们讨论得出以下结论：一是没有将传播思维运用到赛事之中，缺乏系统性策划；二是没有将民族文化、乡土风情与足球赛事进行深度融合，之前的比赛更多的是停留在足球运动层面；三是没有将足球赛事与经济发展紧密关联，缺乏品牌意识。

乡村足球是一项大众运动，"村超"IP是一个城市品牌。放眼全国很多地方的足球运动都有着深厚的群众基础。不管是从经济基础，还是民族文化来讲，很多城市都具有自己的优势，但是他们都没有以足球作为载体打造城市品牌。所以，当我们以"村超"IP去开发榕江足球的价值时，便打开了一个新的世界。

看到榕江足球赛事中不足之处的同时，我们意识到通过足球系统性策划打造城市IP，一定能行。我们越聊越兴奋，于是我连夜开始在榕江公司群里布置任务，一场全新的"出圈"内容策划大战在凌晨开始了。

第二天一早，我们便将讨论的情况汇报给县领导。他听后非常高兴，表示："这路子对了！这与我来榕江，想给榕江打造城市品牌闯新路的思路高度契合，这个思路也弥补了我们前面五次尝试的不足。我们可以来一次融合式大创新，打造一个集乡村足球、民族文化、特色美食、淳朴民风、新媒体传播于一体的'村超'城市品牌。"

从一个传播点出发，县领导站在更高的维度进行系统思考和战略布局："足球赛制的特点恰好弥补了之前探索过程中活动不持续的缺点，榕江足球还有着深厚的群众基础，融入浓厚的民族文化、淳朴的民风、特色的美食，再加上你俩的品牌策划能力和新媒体传播运营经验，进行融合式创新，将大

2023年"村超"总决赛

有可为。我们要铭记，真正的力量在人民。我们要发动一场全民参与的活动，最大程度地发动榕江人民共同打造一个全民IP。只要我们打开格局，加上系统性布局，就会有好的结果。"

2

流量测试

2.1　平常中的不平凡
——"巧妇能为无米之炊"

讲述人：欧阳章伟

　　说干就干，为了争分夺秒抢时机，2023年1月29日凌晨01：11，我在榕江公司群里布置任务："这里有几段素材，今天上班的第一件事，将这些素材剪辑成视频。"

　　由于视频素材质量低，画面单调，就连在公司工作了三年的新媒体小伙伴，也觉得无从下手。

　　条件有限，任务艰巨，我当即从有限的素材里分解出三个传播点，指挥员工如何剪辑。

　　"你们盯着的是点，我盯着的是面，从出发点就决定了结果。剪视频要有整体思路。"

　　"抬猪的视频一定要有，要充分强调内容本身的趣味性！"

　　"前5秒不能上废片，没有引人注目的素材，观众一下子就跑光了！"

　　……

　　当天上午，我把加工好的视频发给王永杰，通过我俩这么多年积累的媒体资源，将这些视频进行了全网裂变。我印象最深刻的是，当我找到贵州广播电视台的宋静老师，希望她能帮忙宣传一下。她看了内容后，便欣然同意。这就有了关于"寨超"的第一篇报道。经过一系列传播举措，这样一种充满乡土味的颁奖仪式和接地气的运动氛围，迅速引发了网友的广泛关注。

山呷呷+榕江工作群
2023年1月29日01:11

欧阳章伟

这里有几段素材，今天上班的第一件事，将这些素材剪辑成视频。可以从这几个角度入手：

1.展现贵州榕江"寨超"的火热氛围，包括球赛现场、大妈、大叔和小朋友的啦啦队，还有其他热闹场景。

2.呈现贵州榕江"寨超"的冠军奖品，重点是四个人抬着一头猪，累得满头大汗的样子。

3.展示贵州榕江"寨超"冠军颁奖的瞬间，特别是奖品被放上三轮车的那一刻。

记住，我们要的是趣味性，让观众看后能会心一笑。

收到。

素材收集人员

收到。

宣传人员

收到。

剪辑人员

山呷呷+榕江工作群
2023年1月29日14:43

剪辑人员

老大，这是我刚剪的视频，请您过目。

这个不行，太缺乏趣味性了。剪辑的时候要注重趣味性。正常的3秒视频，我们可以扩展到15秒到20秒，增加看点。像以前梅梅她们做娱乐视频那样，这个视频里抬猪上车的片段都有6秒，素材肯定是足够的。

欧阳章伟

剪辑人员

主要是因为原视频画质太模糊了。

第二个视频的开头就应该是抬猪的画面，后面再衔接其他内容。你现在的剪辑方式，前6秒都是无关紧要的画面，观众可能还没看到抬猪就已经失去了兴趣。

欧阳章伟

剪辑人员

好的。

新视频的标题就用"贵州榕江'寨超'冠军奖品登场，4个人抬得满头大汗"，然后再加几秒展现比赛氛围的画面。

欧阳章伟

明白了，马上改。

剪辑人员

　　"车江足球联赛""村超""寨超"等字眼，开始频繁出现于各类新媒体平台。可以说，这次流量测试悄然拉开了"村超"火爆全网的序幕。虽然发布的视频引起了一定的关注，但与我们关于"村超"概念的所思所想，仍有很大的差距。

　　抬猪颁奖，在平常人眼中很普通的场景，在我们眼里，却犹如珍宝，显得极其不平常。换一个角度思考，"巧妇"也能为"无米之炊"，运用不同的思维，往往能发现新的机会。

　　基于这次传播，我们做了如下思考和判断：第一，接地气是一种有流量的表达方式；第二，新媒体是一种有裂变能力的传播手段；第三，足球在榕江具有深厚的群众基础；第四，榕江丰富的民族文化具有强大的生命力和感染力。足球加上民族文化，搭配乡土式的群众娱乐，通过新媒体的传播，完全有可能把这个事情打造成一个城市品牌。

2.2 第一篇关于"村超"的中央媒体报道诞生

🎤 讲述人：王永杰

我们输出的一系列视频被多家媒体采用报道后，我不断地在朋友圈进行转发。中国青年报社党委委员、记者部副主任李新玲看到我发的短视频后，随即安排贵州记者站记者李雅娟和我联系，我立即安排对接相关采访事宜，首家中央媒体对"村超"的采访报道由此展开。

2023年2月6日，关于"村超"的第一篇中央媒体报道《侗寨里的"村

傍晚的榕江

超"联赛》发表在《中国青年报》头版。文章介绍了榕江县车江乡三宝侗寨8个村的春节足球联赛源于20世纪40年代，自20世纪90年代兴起的历史传承，凸显了"村超"浓厚的乡村体育色彩和多民族的民俗文化积淀凝聚的乡土力量。文章详细描述了赛事球队由村民组成，在春节期间举行，以年猪为奖品及村民作为啦啦队的特色亮点，内容特别强调赛事通过新媒体传播后在网上引起热议。

报道发出后，我在朋友圈进行了转发，李新玲主任留言道："谢谢你，这个线索是我从你朋友圈看到的短视频。"我随即回复："谢谢李主任关心我们'村超'的发展，今年我们将继续扩大比赛规模，办出品牌赛事。"

《中国青年报》的报道无疑让我们更加充满信心，面对这样一次难得的机会，我们激动的同时也担心这一次全新的"出圈"策划会因为准备不足而失败。为了抓住这一次机会，我们需要一场实实在在的线下流量测试。

2.3　举行青少年足球比赛
——开启线下流量测试

讲述人：王永杰

定下用足球打造城市IP的战略后，我们深知前路充满挑战，如何在全国2 000多个县城中脱颖而出，是我们必须深入思考的问题。我们的策略是先谋而后动，务必一击即中，因为机会稍纵即逝，所以我们必须将其牢牢抓住。

我们提出先做一场流量测试。目的有两个，一是将我们的策划在线上线下进行一次实战考验，二是对受众进行知识普及，将足球与榕江紧紧关联在一起。通过流量测试将榕江足球的历史渊源和榕江老百姓对足球的热爱不断释放给受众。这一过程就像钓鱼一样，我们需要先抛出一些诱饵，而不是简单粗暴地"电鱼"，避免一下子的内容输出让受众发蒙。

于是榕江县在线下举行了榕江中小学生校园足球联赛，随着比赛的进行，内容团队也开始马不停蹄开启了输出模式。"会踢球的男孩子真帅""这才是小学生该有的样子""全场最佳女射手上台领奖，头发一甩这也太飒了"……话题热点层出不穷。我们将大量镜头放在了小朋友身上，在球场上的拼抢、秀球技，上台领奖，队友互相鼓励等，视频无一不在展现着他们的精气神和足球运动带来的快乐。很快这些内容在网上形成一个个热点，同时我们也在极力营造"全民足球"的氛围。在此期间，我们拍摄了一位父亲带着自己双胞胎女儿每天坚持足球训练的故事，还发布了榕江县学生人人都有足球的视频，以及学校为了开展足球教育编排足球主题课间操的新闻，从家庭、学校和社会层面讲述了榕江全民足球的故事。

决赛结束当天，我们拍摄到某些学校足球队在全县比赛中载誉而归时，学校以隆重的方式对他们表示祝贺的场景。为什么会有这样一个场面的设计，一是因为师生感情自然而发，二是我们在传播上需要仪式感。有仪式感的画面会让人印象深刻。我们想向人们传递以下信息：全校热烈欢迎足球队载誉归来，这足球氛围太好了吧；女子足球队三连冠凯旋，全校师生夹道欢迎献花祝贺，这足球氛围太让人羡慕了。各个足球队回校庆功的短视频在网上发酵，使得此次流量测试达到了高潮。

这次历时一个月的流量测试，从内容平台的大数据反馈来看，我们已经取得了预期效果。网友突然发现，榕江这样一个小小的县城竟然有如此好的足球氛围。部分熟悉榕江足球的人可能会说，榕江足球火爆是因为老百姓都

榕江一中足球队

1976年黔东南州少年足球选拔赛榕江代表队

踢了80多年了，它迟早会火。听起来好像不无道理，但我们不得不反问，那为什么不是去年火或者前年火，偏偏是在2023年4月开始走进大众的视线？因为之前榕江人民踢足球仅仅停留于足球本身，没有将足球与传播文化和城市发展联系起来。所以足球还是那个足球，虽然在此前踢了80多年，但并未踢出榕江发展的"世界波"。

回顾这次流量测试，我们深刻认识到成功并非偶然。成功的背后是我们对足球文化的深入理解、对传播策略的精心策划以及对受众心理的准确把握。尤其是持续策划的优质内容传播，抓住了人们对足球的热情和对故事的渴望。通过讲述榕江足球的故事，我们传播了更多感人至深的正能量，让更多的人了解和关注这座城市。

3

流量蓄势

3.1　我对领导说
——"村超"一定可以做很大

🎤　**讲述人：欧阳章伟**

2023年3月29日深夜，我与榕江县领导在微信上讨论榕江"出圈"的问题。

我们先是说到斗牛、小丹江的打造问题。基于我多年积累的经验判断，我给他发了一段话："斗牛我估计做不了很大，但是'村超'一定可以做很大。关键是要规划好、组织好、策划好。"

2023年3月29日23:26

欧阳章伟

> 斗牛我估计做不了很大，但是"村超"一定可以做很大。关键是要规划好、组织好、策划好。

> 点赞。

领导

正常来说，我跟领导说话很少用"一定"这类绝对性词语，为什么我会如此坚定？

榕江县车民小学代表队

　　一是源于我多年从事互联网行业的经验。传统民族文化与乡村体育赛事的创新结合，本身就具备丰富的内容基础，通过用传播思维来策划，足够营造出一个既接地气又充满烟火气的场景。

　　二是贵州前几年脱贫攻坚战的胜利为"村超"打下了坚实的物质基础。人们在物质生活得到持续丰富以后，思想得到解放，有了表达的欲望。随着基础设施的完善，榕江县有了高速公路和高速铁路，物流、人流和信息流在此汇聚与流通。榕江的区位优势显著，是贵州省融入粤港澳大湾区的"桥头堡"主阵地。交通的便利为榕江县发展文旅等产业打通了渠道。不光是路通了，网络也通了，有了大量收发信息的可能。在贵州省打地基式的努力带来的改变下，榕江县的"出圈"有了充足的底气。

　　三是榕江具有多元且丰富的民族文化。县内的苗族、侗族、水族、瑶族等少数民族群众能歌善舞，每个人都自带文化属性。这些文化元素为"村超"IP的打造增添独特的魅力，也为后续文旅产业的发展，提供更好的业态资源。

四是领导的担当作为。城市IP的塑造离不开开放创新的社会环境和政府强有力的服务保障。近两年我在榕江强烈感受到了一种开放、包容、有担当的新风，尤其是政府对于创新型人才的重视——陆续引进了200多名各类人才，助力乡村振兴。

故此，我做出"村超"一定可以火的推断，并不是轻率之言，之后的发展也正如我所料。自然珍宝加上文化瑰宝，再加上人才之宝，构成了"发展三宝"。

3.2 "村超"选址由来
——聚焦县域经济闯新路,多重因素之下的考量

🎤 **讲述人:欧阳章伟**

青少年足球联赛流量测试的成功,促使我们下定决心在2023年5月正式开启"村超"赛事。然而,场地的选择,成了一个让人左右为难的问题。

2023年3月29日晚上,我和县领导在微信中讨论"村超"球场选择的问题。

2023年3月29日23:57

领导

> 忠诚中学的足球场,好像还可以。

> 我也这么觉得,刚好附近还有牛瘪火锅店,吃饭挺方便的。而且那旁边就是农田,有"村味"。如果看台没有问题的话,我觉得是OK的。

欧阳章伟

领导

民族文化创客中心也在那边。

非常不错，这是个组合拳，可以把忠诚牛瘪小镇一带的经济带起来。

欧阳章伟

在哪里踢？是否有利于赛事的传播和经济的发展？这些问题极其关键，必须慎重考虑。因为一个场地或者场景对于一个IP的黏性，在视觉冲击性、记忆点和空间拓展性上，都至关重要。

2023年3月30日晚上，县领导叫上我、榕江县古州文化旅游投资开发（集团）有限责任公司总经理孙国秀、杨亚江等人，去实地考察挑选球场。

现在回忆起来，很多细节都特别暖心。在选场地的过程中，杨亚江校长给我们拍照记录，去小卖部买水给大家喝。他说，他觉得我们这群人在创造历史。在"村超"，杨亚江校长不再是一名校长，而是一个集歌手、导演、球员于一体的榕江老男孩，他为"村超"的"出圈"做出了巨大贡献。

我们第一站去了忠诚中学。忠诚镇地处榕江县城周边，交通便利，一马平川，场地非常宽阔。从经济角度来说，忠诚中学旁边就是"中国第一瘪城"——忠诚镇，在这里举办赛事可以带动旅游相关产业发展。

虽然忠诚镇优势明显，但劣势同样突出。首先是忠诚中学球场没有看

实地考察球场

2023年3月30日晚，在忠诚中学选址

台。如果在这里举办赛事，场景上，缺乏人山人海的大场面，不符合视觉传播的规律；其次是担心影响到学生上课；最后是乡镇承载能力有限，一旦大量游客涌入，无法提供相对应的服务。

随后，我们去考察了榕江县中等职业学校球场，那里虽然有看台，但是看台规模较小，且该地距离县城较远，不具备举办大型赛事的能力。

榕江县城北新区体育馆

在考察球场的过程中，有人提出"村超"应该去村里办，才名正言顺。县领导当即表示，只要球员是村民，"村超"就有"村味"，选址必须在县城，打造"村超"一定是为了发展经济，助力乡村振兴、文旅富民。此外，乡村没有接待能力，晚上比赛也容易出现安全问题。

最终我们想到或许可以将"村超"球场选在位于县城中心的城北新区体育馆。

从传播角度来看，球场四周民族风的建筑风格颇具特色，球场看台斑驳掉漆比较接地气，场地也是整个县城最大的，能最大限度容纳观众，容易形成利于传播的大场面。

从经济带动性的角度来看，相较于其他球场，城北体育馆区位优势最大，周边就是商业区，交通也非常便利，从高铁站乘车，十分钟即可到达。

就这样我们围着球场走了20多圈，边走边讨论，从安全角度、群众便利性等多方面进行了诸多考量，最终将场地选定在城北新区体育馆。

虽然选定了球场，但是要想把球场变成游客旅游的地方，还需要诸多完善工作，"村超"现场管理也成为一个问题。这时，孙国秀主动请缨，把现场管理的重担挑了起来，成为"村超"现场的总负责人。在他的管理下，问题被一个个解决，各类设施不断完善，"村超"现场井然有序。除此之外，他还在繁忙的工作中兼任着"村超"解说员。

3.3　组建专班
——把有限的人力物力用到极致

🎤　**讲述人：王永杰**

想要打造城市品牌，需要大量的人才支撑，单从"村超"传播这个环节来说榕江显得势单力薄。怎么办，方法总比困难多，先把摊子摆起来再说，人才不够就现场培养，把现有的资源进行最大化整合。

于是在我的建议下，县里专门组建了贵州"村超"新媒体宣传队伍，从县政府办公室、县文体广电旅游局、县融媒体中心，以及各乡镇政府、街道办事处、学校等单位抽调了相关人员。

杨健、饶文豪、姚松冰等人负责"村超"文字材料整理总结、新闻通稿和媒体服务等工作。饶文豪是位高才生，毕业于清华大学，文字功底扎实、理论水平高。杨健是榕江县政府核心"笔杆子"，他熟悉榕江的情况，各方面资源统筹和沟通多亏了他。姚松冰是文字高手，赵福润是我们的"大管家"，他们负责专班的后勤保障、媒体接待以及新闻线索梳理工作。我要求，一旦媒体介入采访，他们就要根据媒体的采访需求，立即提供采访线索、采访地点等初步的采访方案。把媒体服务做好，后续很多事情就方便多了。我本人和杨懿、彭再琦、胡月从融媒体中心被抽调出来，石宏柳从榕江县古州文化旅游投资开发（集团）有限责任公司被抽调过来，张帆帆、全芳、陈银芝从新媒体产业专班被借调过来，杨懿负责媒体素材库的建立和管理，我们其余人在每个周六通宵剪辑视频。就这样，我们建立起了一个相对稳定的队伍。策划、文字材料、剪辑、媒体服务等人员都基本齐了，最后只差短视频拍摄人员了。

这么大个足球场要拍摄和捕捉各种精彩素材，需要大量的拍摄人员。缺少专业的摄影师，于是在新媒体产业专班申敏主任的协调下，我们从各个乡镇新媒体服务站每周抽调20个人在球场进行划区域、定任务式的拍摄。这些人都不是专业的拍摄人员，但是好在他们都具备一定的互联网思维。接下来怎么拍？我规定所有人全部用自己的手机拍摄，竖屏，一个视频大概拍10秒。然后将所拍的素材发送到剪辑微信群里，并为自己拍的素材配一段简短的描述。剪辑人员在后方立刻进行素材筛选和剪辑。

"村超"球赛在每周五、周六、周日举行，为了让"村超"做成能吸引外地游客的招牌，县领导提出要整合资源，让周六最为热闹。围绕这三天，

"村超"新媒体传播团队部分人员合影

我每天会给出50个策划选题，在球赛开始前，召集人家开会，为了让拍摄人员和剪辑人员彻底明白我的策划意图，我会把每一个策划像拍电影一样，将故事和场景描述给大家听，把每一个画面和可能出现的热点和爆点讲解给相关人员听，让"村超"团队的每一个人知道要做什么，心里清楚要拍什么，以及要达到什么样的预期效果。然后发动大家开始头脑风暴，一起来优化策划和提出新的创意，往往一个会开下来已经口干舌燥。新媒体专班的办公室里坐得满满当当，大家挤在一起，思维飞速转动，每个人眼里都闪着光。

拍摄方面还是缺人、缺设备，我们需要专业的航拍相机拍一些精彩的画面，这个时候山呷呷公司挺身而出，公司全体人员全力服务"村超"宣传。差剪辑人员补剪辑人员，差拍摄人员补拍摄人员，他们甚至从贵阳公司紧急调配人员进行支持。民营企业的加入，让这个团队更具活力，积极务实、艰苦创业的精神在我们这个团队得到充分体现。

让我忘不了的是"村超"开始的第一周，也就是开幕式。我们没有室内办公场地，就向体育馆借了几张凳子和桌子，在球场上方的走廊上拼成了一个简单的工作台。球场上在踢球，场内声音震耳。一些观众围着我们，边看球边看我们剪辑视频。谁能想到这样一个大IP的内容团队是在这样艰苦条件下创作的呢，现在回想，一路走来真是不容易。那个时候我们没有想过一定要有办公室才能工作，也没有想过给县里提什么要求，很多时候都是自己想办法解决，还真是印证了那句话——心里有光，哪里都是舞台。

2023年5月，榕江的气温和球迷的热情一样高涨，好几台笔记本电脑都因为气温过高而自动关机，我们得找个气温稍微低点的地方工作。于是将工作台搬到了球场解说席下面的过道上，体育馆帮我们安装了几盏临时灯泡，移动公司帮我们重新装了网络，保障网络畅通。在我们摆设工作桌椅的时候，县领导正在现场调度工作，看到我们如此艰苦的工作环境，便给负责管理体育馆的同

志说："赶快想办法给他们解决一个办公室，传播是'村超出圈'的发动机，传播才是关键，长期这样下去这怎么能行。"经过协调，我们搬到了球场附近的社区办公会议室，这才有了一个固定的"战斗部"。

"村超"开赛以来，我带领团队在比赛期间从早上一直持续工作到凌晨，带领团队在实践中不断提高专业素养。每次比赛日我都会提前将策划好的选题责任落实到剪辑和拍摄人员。此外，我们还将素材分发给全国媒体和上万名榕江"乡村代言人"，形成矩阵宣传，成功为"村超"构建了一个强有力的流量池。

3.4 开赛前一天，打了三个小时电话
——与媒体沟通的重要性

🎙 **讲述人：王永杰**

"村超"正式开赛的前一天，我内心忐忑。虽然"万事俱备，只欠东风"，但这毕竟是一次重大的尝试，我们想着再多一点准备，可能就有多一分成功的机会。

除了自建流量池之外，和各大媒体平台的沟通至关重要。我们要形成一个由自媒体和官方媒体组成的宣传矩阵，共同发声，从而在短时间内引起网友的巨大关注。于是我思忖许久，拿着纸笔写下需要沟通的问题，拨通了各位媒体老师的电话。

我打给中新社贵州分社的袁超老师、贵州卫视负责"Hi贵州"账号的熊懿老师、"动静贵州"的曾明老师等。开头便直接表明来意："我们策划打造'村超'IP，您觉得能不能火，有什么好的建议？"

袁超老师说："足球是很多人心中的痛，如果这个赛事能够让大家看到一个县城民间足球的火热，也能感受到当地的民族文化，我觉得是会火的。当然，如何操盘很重要。欧阳是我多年好友，我太了解了，再加上永杰你的新媒体慧眼，我相信你们的实力，赛事一定会火爆的。"

熊老师做出了专业的分析，给我的回答是"村超"不一定能火，因为有"村BA"珠玉在前，并且淄博烧烤热度未散，重新宣发城市IP，可能会同质化，但是关于乡村足球的内容，肯定是不错的。她告诉我不管能不能火，都

支持我，甚至派团队下来支持，一起做内容。

听完熊老师的回复，我心怀感动，基于媒体人之间的信任，基于多年的交情，"村超"IP打造期间，她给予了我们很大的支持。

我和"动静贵州"的曾明老师进行了长时间的交流，把我的内心想法与未来规划统统与他说了一遍，他觉得这是一个非常新鲜、非常有乐趣、值得探索的事情。

后续又和新华社、中新社的老师进行了沟通。沟通的目的就是释放信号和得到反馈，达成共识。

和媒体沟通的过程当中，有一点让我非常感动，就是很多媒体朋友他们可能不了解这个事情，或者说对这件事情并不那么看好，觉得贵州"村超"很难成为城市的IP。但他们基于这么多年来对我个人的信任，都表达了对我的支持，我对此深感荣幸且心怀感激。

通过和媒体的沟通，我心里面有了底气，增添了许多信心。

有了这一次沟通，媒体提前知道了贵州榕江要举办"村超"赛事，知道了"村超"的基本内容。引起媒体的关注和注意，这一点十分重要。

有了官方媒体渠道，我们的重心就可以专注于内容策划，这为日后"村超"的"出圈"，吃下了一颗定心丸。

几个小时的时间，我几乎打遍了所有我认识的媒体老师的电话，不管省内还是省外。我记得手机都打得没了电，嘴巴也都说干了。

我为什么会这样做？与主流媒体的沟通，得到主流媒体的关注和支持，会让我们事半功倍。

能否一炮而红对于"村超"来说至关重要。"村超"是一个新兴的热点赛事，也是一次绝无仅有的探索。我们的内容在第一场就必须火爆，必须被人认可。如果一开始就冷场，没有受到媒体的认真关注，可能"村超"的

观赛现场

　　"出圈计划"便会迅速低落，走向失败。所以媒体渠道是引起轰动、振奋人心的一个重要环节。

　　"村超"要想在第一周第一场火爆"出圈"，离不开媒体的大量曝光。我们首选以新媒体为曝光平台，通过有效沟通，我和媒体达成了共识，建立了一种共同创作的关系，大家携手共进，一起为宣传报道贵州"村超"而努力。

　　如今，新闻媒体在公共事务中发挥着越来越重要的作用，无论是国家大事，还是市井民情，都离不开新闻媒体的参与。搞好媒体关系无论对于个人还是组织来说都具有重要的意义，对于传播信息、塑造形象和影响舆论都具有重要的作用。新闻媒体的宣传不仅能够帮助个人和组织建立良好的形象，还能够提升影响力、扩大影响范围、促进发展。

3.5　三个月的策划，坚信会创造奇迹
——质疑声中前行

🎤 **讲述人：欧阳章伟**

从2023年1月29日首次提出"村超"概念，到5月13日"村超"正式开赛，三个半月的精心谋划，我们一直坚信，"村超"会火爆"出圈"。

2023年5月11日，我在朋友圈发了一条视频（拍的"村超"球场），配

庆祝夺冠

义写道："此地会不会是创造奇迹的地方……"当时我站在球场中央，放眼望去，我内心无比坚定，相信我们会创造奇迹。

5月12日，我在榕江分公司群里发布了一条群公告，要求所有人全力支持"村超"，公告内容为："明天下午到晚上，全员支持榕江'村超'的宣传工作，加班加点也要完成。晚上我们也要继续输出高质量的视频内容。"并要求贵阳公司的内容负责人带领团队驻扎榕江，支援"村超"。我调动了一切可以调动的力量，暂缓了其他正在开展的项目，在一片质疑声中，我愈发坚定自己的信念："'村超'是一定会火的。"

山呷呷+榕江工作群
2023年5月12日15:11

欧阳章伟

群公告：明天下午到晚上，全员支持榕江"村超"的宣传工作，加班加点也要完成。晚上我们也要继续输出高质量的视频内容。

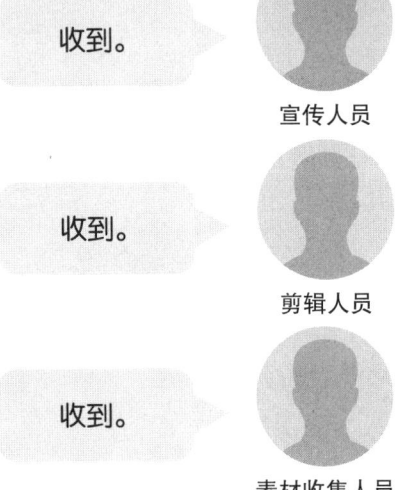

收到。

宣传人员

收到。

剪辑人员

收到。

素材收集人员

然而，许多同事对此表示困惑，我们是民营企业，为何我们要放下手头那么多重要的工作，去为"村超"免费宣传。朋友圈留言里也有人质疑：一个小小的榕江县城，怎么可能发展好足球赛事？

对于旁人的质疑，我心头当然也思虑过，这完全是一个新赛道，没有任何路径可依赖。创新事业的开拓，必须有摸着石头过河的强大勇气。

后来，我在公司群里再次强调了我对"村超"的信心："大家要做有挑战的事，通过'村超'这件事，让自己变得更优秀，参与'村超'就是参与创造历史。"

既然要闯出一条鲜有人走的赛道，本身一定要有一种"大梦谁先觉，平生我自知"的自信。

3.6 "村超"名称的最终拍板
——尊重大众习惯，自信发出声音

 讲述人：王永杰

"村超"虽然开赛第一周就取得了很好的传播效果，但是一个新的烦恼又出现了。当时我们用的是赛事全称叫作贵州榕江（三宝侗寨）和美乡村足球超级联赛。

当时，在传播的过程中有几种关于赛事名称的提法引起了我们的注意和思考。一种是"寨超"，因为榕江足球赛事源于三宝侗寨，有历史渊源。一

榕江县三宝鼓楼

演唱侗族牛腿琴歌

种是"村FA",联想到国际足联世界杯的英文简称是"FIFA",很多球迷朋友便取了这个名字,很多媒体在当时的报道中也用了这个名字。最后一种就是"村超",基于英超、中超这样的简称转化而来。

怎么办?第二周赛事就要开始,得赶快定下一个IP名称,这样才有利于品牌的形成。

直到"村超"开赛当天,IP名称都没有最终定论,2023年5月13日11点,县领导给欧阳章伟发了一条微信,问道:"贵州'村超'、贵州'村FA'、榕江'村超'、榕江'村FA'哪个更好?"欧阳与我商议后,我们一致认为还是贵州"村超"和贵州"村FA"更合适。我们宣传贵州,那么整个贵州也会为我们宣传。格局有多大就能走多远,我们坚信能做成此事。

"村超"开赛后,在网络上陆续出现了"村超""村FA""寨超"等叫法。直到2023年5月17日,我与县领导去省里参加贵州省走好网上群众路线工作推进会。我们在与省宣传系统领导汇报工作时，提出了一个困惑，榕江乡村足球赛事是叫"寨超""村超"还是"村FA"。我们开始提出叫"村超"是觉得有英超、中超等耳熟能详的叫法，大家比较容易理解和接受。此外，一些媒体在报道中使用的"村FA"，懂球的人基本上都知道这个称呼，也有很大的受众范围。当时这两种称呼都在网络上有广泛的讨论，省宣传系统的领导听了我们的困惑后，当即指出，"村FA"这个称呼值得商榷，老百姓不一定能听得懂，建议还是用"村超"比较合适。

回到榕江，我们深思熟虑后，也一致觉得用"村超"作为榕江的城市IP会更有利于品牌的打造和契合大众接受度。后来证明，省委宣传部领导的这个建议是非常高瞻远瞩的。

通过这件事，我们意识到，只要手里有货，该自信还得自信起来。榕江足球赛事发自于群众，根植于群众，这是我们策划"村超"IP最大的自信。因为我们不是生搬硬套其他的案例，勉强凑合做这样一个IP，我们从本质上就不存在跟风的想法。虽然在大众舆论上会有一些质疑，但是只要"村超"地基稳靠，有真东西，就一定能坚持下去。

这件事的意义不仅在于为榕江足球赛事确定了一个响亮而富有特色的名字，更在于它体现了品牌建设和与公众沟通的重要性。它告诉我们，在做品牌和推广时，应充分考虑并尊重公众的习惯和喜好，同时也要有自信和定力，坚持自己的特色和理念。这样一个小细节也凸显了领导层在关键时刻的决策能力和倾听民众声音的态度，这对于任何一项公共事业或品牌活动的成功都至关重要。通过这件事，我们深刻领会到，在品牌建设过程中，既要注重创新和差异化，也要考虑受众的接受度和市场的实际情况。

3.7 以新媒体为突破点
——基于数字化传播时代的媒体传播基调

🎤 讲述人：王永杰

贵州"村超"是在数字化传播时代利用新媒体工具打造城市IP的一次探索。

现如今的传播随着网络技术和移动终端设备的发展，内容具有更多的体验感和交互性。以前想要打造一个品牌，人们会选择在电视、杂志、报纸、广告位等媒体平台进行展示，以求得到快速曝光，这是因为这些平台几乎囊括了大众接收信息的渠道。随着数字化时代的到来，信息变得更加碎片化和创意化。短视频这样的传播方式有着极好的视觉性和互动性，给大众提供了一种全新的内容体验。

"村超"之所以选择在一开始就把传播力量全部集中到短视频平台，主要是因为三个问题。第一个是传播的受众在哪里，也就是现在大家都在哪里去了解信息和传播信息？第二个就是我们大量的内容生产者在为哪些平台生产内容，也就是内容的生产与供给情况？第三是社会热点事件会在哪些平台爆发或者引发热议，也就是舆论场的场域问题？

基于这三点的考量，我们认为现如今要策划一个热点事件或者一个"现象级"的事件，应该要找准传播平台和把握传播规律。因此，我们定下了"村超"要以短视频为主要传播方式的传播逻辑。

榕江其实在两年前就已经开始了这方面的思考，确定了全县发展新媒

榕江县新媒体助力乡村振兴电商产业园

体产业，抢跑新赛道的理念，探索出了"三新农"模式，让"手机变为新农具、数据变为新农资、直播变成新农活"这样一种方式培养具备互联网思维和掌握新媒体工具的新时代数字农民。

脱贫攻坚战让农村发生了翻天覆地的变化。不仅家门口的道路通了，网络信息通道也通了。网络信息大道的畅通、智能手机的普遍使用让村民有更多接受信息、传播信息，甚至是生产内容的条件。

如果没有将手机作为一种发展的工具用起来，那么手机可能只会成为村民们消遣娱乐的一个工具，并不能带来精神和物质上的发展。乡村振兴首要就是人的振兴，人的振兴首要是思想的觉醒。榕江通过发展新媒体产业教会村民们怎么去使用手机关注正能量的内容，并将他们变成内容生产者，让他们去发现身边的美好的事情，将身边故事和自己的故事分享给更多的人。在内容传播的过程中，新媒体的互动性带给他们即时的正向反馈又激发了他们的表达欲，建立了身份自信。同时政府做好相应的服务，引进了北京"家乡来客"、贵州山呷呷等助农电商新媒体企业，在技能培训、供应链建设、人才引进方面做足了功夫，让村民通过新媒体内容产出和直播就可以获得相应的收益。

有了人就有了最强的发展武器，融合式的创新发展正式登场。光是利用新媒体这个工具是远远不够的，现在是一个内容大于产品的时代，所以我们在策划"村超"的时候从几个方面进行了思考和融会贯通。一是榕江有80多年的踢足球的历史，这是一个很好的群众基础。二是新媒体是一种具有裂变能力的传播手段，可以很快地把好的内容传播出去。三是乡土气息这样一种接地气的表达方式具有很强的穿透力和共鸣感，人们喜欢看到一些接地气的反差，从而带来情绪上的放松和解压。四是文化具有强大的生命力，中华文化从未中断的原因之一就是文化的穿透力和感染力极强。我们把足球的民众基础、接地气的表达方式、文化的生命力和新媒体传播工具结合在一起进行融合创新、发展扩容。我们不仅仅是在造一个热点，而是把"村超"从一个

比赛间隙的舞蹈表演

热点事件发展成"现象级"事件，通过传播形成品牌效应，最终引发全民的参与和共创共建，同时吸引优质资源的注入从而发展社会经济。

"村超"融合创新的模式之所以会受到很多专家和学者的认可，是因为我们坚信，通过新媒体的传播方式，今后一定可以为地方的发展带来一种新的突破。新媒体不仅仅是一个内容平台或者是一个生产工具，它有强大的能力结合社会治理、城市IP、文旅营销等，让正能量的流量变成生产力去助推地方的发展，引发新的思考和探索。

4

自建流量池

4.1 一个账号掌握传播节奏
——把讲故事的主动权掌握在自己手里

讲述人：王永杰

在确定做"村超"IP后，我在传播的方案上有一个大胆的想法，就是传播去中心化，以自媒体的方式建立起一个基础流量池。

按照以往的传播模式，政府举办的活动，通常会建立一个官方账号或者在当地的权威媒体上进行专门的发布。我没有这样做的原因是我长期在县级融媒体中心工作，知道基层官方媒体有一个摆脱不了的痛点，那就是它的定位是政务媒体，很难去做一些创新、跳脱的事。这些政务媒体一是担心过多的"网感化"内容会影响官方媒体的权威性，二是担心创新事物的发展通过官方发布，会引发放大镜效应，部分大众会"鸡蛋里面挑骨头"，反而不利于"村超"的宣传发展。当然因为每个地方官方媒体的思考侧重点有所不同，所以也会有很多既能保持政务权威性又能保持大众接受度的官方账号。

如何实现自我松绑？首先"村超"是一个乡村赛事，是一个新兴事物，本身也是一个创新事物，需要进行很多创新的思考。基于上述考量，我提出我们就不以官方自居，而是作为一个自媒体记录者身份的想法，并提出以自媒体为主账号，自建流量池的概念。也就是通过建立一个自媒体账号来宣传赛事，而不是遵循以前做一个活动就要建立一个官方号这样的方式来进行传播。

我认为在新媒体时代内容是大于平台的，如果你的内容是充满正能量且具有传播价值的，那么即使是一个新账号，一个没有任何认证资质的账号，也会受到大众的喜爱和关注。在新媒体平台，所有账号其实都是平等地在同一起跑线上，不会因为账号背景，就会取得绝对的传播效果。内容为王，诚不欺人。

以自媒体的方式建立自媒体账号，自建流量池，给我们在创作空间、舆论空间、试错空间等方面都带来极大的便利。此外，我们还有一方面的考虑是，我们需要转变身份角色。作为一名融媒体的管理者，我的思维肯定是站在官方的角度。但是如果你是一名踢球的村民，你还会想到去建立一个官方媒体或者是权威媒体平台吗？当然不会！你会做的就是把你看到的、感受到的通过你自己的短视频账号分享出来或者发到朋友圈。

既然"村超"IP是以乡村赛事为载体，那我们就得从"村"这个核心出发考虑问题，回到事物的本质，于是"贵州'村超'纪实"微信视频号应运而生。这一视频号的创建，可以说是真正实现了甩开膀子加油干、大胆干的

"村超"总决赛现场

效果。我们完全甩掉了思想包袱，毫无思想束缚，但是要遵循"内容具有正能量、没有违背社会主义核心价值观、符合新闻规律"的原则。

建立这个账号的一大目的，就是将其作为"村超"传播的发动机和信息传播的水源地，引领着更多的榕江自媒体参与到"村超"的传播中，自觉成为我们这个流量池矩阵里的子账号。

我们通过自媒体矩阵的传播，在短时间内打造和传播热点，引发媒体关注，吸引更多的媒体一起参与到这场传播的共创行动中，从而实现从去中心化到中心化的这样一个互动逆转。

引发媒体关注后，我们迅速建立了贵州"村超"媒体联络群，将每天优质的内容优先分享给全国媒体，由他们进行创作，从而实现内容质量的极大提升和极大丰富。

全国272位媒体老师与我们共享流量，共创内容。在这个流量池内，我

"村超"新媒体内容生产基地

们极力做好媒体服务。每一条视频我们会从初始素材中进行精选，并给每一个视频都配备基础的文案，以便媒体老师可以快速地剪辑视频并发布。很多我们提供的标题和文案被媒体老师采用和改编。"我们就是要打造热点"的理念，大家很默契地保持了一致。

同时，媒体老师们也会经常在群里和我们沟通交流，他们提供了很多新的创意点和思路。严格来说，"村超"传播的成功不是某一个账号的成功，而是全体媒体同仁朝着一个共同目标打造出来的流量盛宴，是众多媒体同仁努力的成果。

4.2　一场没有新闻发布会的开幕式
——蹲下来做传播

🎤　**讲述人：王永杰**

　　我们没有召开过任何一场"村超"赛事的新闻发布会。很多人会很诧异：这样一个重要的事，怎么连个新闻发布会都不开？以往政府或者重要的商业活动不都要郑重地举办一场新闻发布会吗？有的担心影响力不够，还会到省会城市甚至北京、上海这样的一线大城市去开，并且邀请各家媒体进行宣传报道。

　　我们为什么反其道而行之呢？并不是说新闻发布会不重要，而是因为我们是站在乡村赛事的视角来看待"村超"，村里要举办一个活动，不会以新闻发布会的形式进行宣传。

　　村里有事要给大家说，靠什么来发布信息？靠的是敲锣打鼓奔走相告，靠的是乡村大喇叭进行全村播报，抑或在微信群里发个语音进行通知。

　　假设我是一个村的村主任，村里要举行这样一个球赛，我一定不会通过下发文件或召开发布会的形式告知大家。

　　不开新闻发布会怎么让外界知道这个事呢？其实乡村里面各种通知和宣传球赛的方式就是我们最好的传播方式，我们通过宣传村里各种号召大家观赛去加油的视频，让外界知道"村超"球赛即将开始。所以有了这样一些有趣的视频：村口大爷敲锣动员村民看"村超"，引发一群网友呼吁发布后续视频，想看看大爷到底"摇"来多少人；村民开着喇叭车巡回宣传赛事等视

频在网上火速传播开来。网友通过乡村版接地气的"新闻发布会",迅速知道了"村超"的开赛信息。

这样的方式,既有"村味",也符合我们村民的意愿和行为方式,在没有任何行政力量参与和推动的情况下,同样具备强大的号召力。信息是由村民们自发传播的,村民们成为信息生产者的同时也成功地传播了信息,再通过媒体的跟进宣传形成二次传播,取得了很好的传播效果。网友看到这些新奇的通知和比赛方式都感到非常的有趣、好玩,纷纷去搜索和关注,想知道这个"村超"到底是个什么赛事,连搞个球赛通知都这么喜感,他们又对相关信息进行了转发和点赞评论,由此形成新一轮的传播。

这样成功的探索,在于我们策划和传播事件时回归到了事物的本真。作为一个策划者在策划时要将自己身份进行内置转化,把自己变为当事人。要想创新,就不能有路径依赖思维,不可依靠所谓的经验去套用逻辑,要根据不同的事物和环境来进行传播和打造热点。同时要深刻理解传播的规律——我们既是传播者又是被传播者。传播内容像一个圆圈,是串联起来的,是全流程贯通的,一旦将这里想通了,很多事情就会变得简单。

4.3 万人矩阵做宣传
——人人都是传播者

讲述人：王永杰

　　"村超"的传播讲究的是"专业引导，全民参与"。我们制定了一套自己的"打法"和节奏。有了"贵州'村超'纪实"这个主账号作为传播发动机，我们还需要打造一个传播矩阵来"成团作战"，将全部拳头打向一个沙包。

　　这时候，榕江历时两年半培养的"乡村推荐官"的作用就凸显出来了。我们将这些"乡村推荐官"的账号分为三类。一类是头部账号，榕江引进的电商企业"山呷呷"和"家乡来客"发挥了积极作用，他们安排团队专门进行内容拍摄和剪辑，建立运营了"贵州'村超'推荐官""贵州'村超'航拍师"等账号，与"村超"主账号内容进行互补和配合，这一类账号的内容质量和策划水平都比较高。另一类是进取账号，他们平时都活跃在宣传榕江的各个领域，有着很好的新媒体内容创作和运营基础。还有一类是活跃账号，虽然在内容和文案创作等方面差了一些，但是都有着很好的新媒体思维，在思想共识上不存在任何问题。

　　"贵州'村超'推荐官"账号运营者唐胜忠就是我们"乡村推荐官"头部账号里面的优秀代表。

　　唐胜忠是榕江县三江乡脚车村走出的第一个大学生。大学毕业后，唐胜忠在大城市从事新媒体工作，2021年听说榕江县启动新媒体助力乡村振兴

"万人行动"计划，他便带着十多人的团队回家乡创业。

像唐胜忠这样的专业人才，后来成了服务县域新媒体产业的主力军，为新媒体新手传授技能。

2023年5月至7月是"村超"最火热的阶段，唐胜忠带领的团队全部投入"村超"传播，他们原来的直播带货等业务都暂停了。"村超"天文数字般的流量，也让新媒体账号背后的运营者们干劲十足。

针对不同类型的推荐官账号，我们主要做了几件事。

定期组织推荐官在足球场进行"打卡"活动，开展短视频挑战赛。我们会给万名主播指定拍摄的方向、拍摄的选题以及话题进行统一创作，表现优秀的推荐官将会得到相应的证书和奖金。利用人海优势，在短时间就可以形成一个相对稳定的传播矩阵。

在主账号的引领下，万名"乡村推荐官"同步发布相同主题的内容，在

美女主播在"村超"现场进行网络直播

身着民族服饰的啦啦队

同一天内我们就能产出上千条优质视频。因为他们分布在全县各个乡镇，所以这些推荐官也是我们重要的素材通讯员，很多感人的故事和"村超"的日常就是从他们提供的素材中挖掘出来的。

除了这些有独立创作能力的推荐官，其他具有新媒体思维又想参与"村超"传播的独立账号我们该怎么最大限度发动起来呢？他们面临的就是剪辑能力较弱，为了解决这个问题，我们引入了"村超"推荐官AI（人工智能）剪辑管理系统，通过技术赋能来打通传播上的阻碍。我们开展系统测试，推荐官们只需要用抖音扫一扫识别二维码系统就会自动将素材生成视频和文案。技术加持带来的效果是显著的，第一场测试我们选取了100个账号，系统可以在短时间内就生产出上千条视频供大家使用。如，在宣传"村超"啦啦队风采这一块内容上，我们专门安排拍摄人员按照统一的视频格式和标准进行拍摄，保证画面的高清和视频意图的精准。同时根据内容输入文案进行

训练，将内容和文案上传到系统后，系统经过分析处理，推荐官们就可以扫码进行"傻瓜式"发布，也可以在AI的基础上进行二次创作。此举大大减少了因剪辑和文案水平所限而造成的传播上的不畅。

此外，我们还积极测试"全民'村超'全民推广"和"游客也是推荐官"的模式。只要你有抖音软件，就可以实现随时随地发布宣传榕江的视频领红包，如果开通了带货橱窗功能，还可以进行内容带货。同时，通过在球场安装智能装置，游客只需要用手机碰一下这个装置就可以发布一条由AI剪辑好的视频，游客只需要在短视频软件上点击发布，即可根据阅览量阶梯性获得推广红包奖励。把每一个人都看作行走的媒体，通过这样的方式获得的流量是非常可观的。在技术的赋能下，这种创新的矩阵"打法"得以实现。

有一个典型的例子，"'村超'行长解说员"杨兵，他在天柱县银行系

松桃苗族自治县的啦啦队入场

统工作，作为榕江本地人，为了支持"村超"发展，他每个周末都往返于两县之间，义务做起了解说员。经过新媒体传播，他以极具号召力的解说风格迅速走红。杨兵是"村超"的积极参与者，同时也是"村超"IP的一个鲜明符号，他是"村超"的传播者，同时也被传播着。

"村超"正是有广大群众、裁判员、参赛球员、啦啦队、解说员、公安民警、城管、交警、环卫工人、志愿者、文艺工作者、足球协会工作者等群体的无私奉献和参与，才真正"出圈"。每一个群体中都有着闪闪发光的个体形象，他们都成了"村超"优质内容的创造者。

当我们把每一个人都看作一个媒体的时候，只要他手里有可以发布短视频的软件，那么不管是通过培养头部账号还是通过技术实现内容发布，我们都可以快速形成一个传播矩阵，实现我们的传播意图。有人的地方就有传播，自媒体时代，这个规律尤为重要。

在推动"村超出圈"的过程中，我们按照"三新农"发展理念，坚持无好视频不传播、无正能量不传播、无真善美不传播；摒弃以往举办活动宣传信息都以官方媒体发布为主或首发的传统做法；创新"官推民办、群众述事"传播方式，构建"村超""主账号+子账号"的新媒体传播矩阵；总结大数据流量推送规律，用好1.28万个村寨新媒体数字新农人"点石成金手"；给推荐官分发优质创作内容，从而在新媒体平台上引起裂变；持续推介"村超"背后平凡人物真善美的感人走心故事，让"村超"持续发酵，在最短时间内实现"现象级"正能量传播。

4.4 五十元引出的美食盛宴
——用新媒体营销制造行为传播

🎤 **讲述人：王永杰**

很多媒体朋友在跟我们交流的时候会问，怎么感觉"村超"总是有那么多好玩的东西，每次来都有新的内容让人感到新奇？

报道者觉得"村超"有层出不穷的新闻点，现场体验者觉得每次来都会有新的感觉。这些让人体验感很强的东西是有人策划还是本身自发的？

能提出这些问题的人可以说是"村超"的"铁粉"，他们好像已经嗅到了一些端倪，所以对"村超"充满好奇和疑惑。

其实我们在策划"村超"的过程中有一个核心的概念——"玩法"。纵观当下的一些流行热点、文旅标志性事件，"玩法"两个字都贯穿其中，如淄博烧烤、哈尔滨宠"南方小土豆"等。随着说走就走、"特种兵旅游"等体验式"打卡"方式的兴起，大众的旅游心态也逐渐发生着变化。游览大好河山是一种旅游，体验新奇事物也是一种旅游，总之旅游玩的就是一种感觉，玩的就是一种情绪。以前的非传统旅游城市一跃成为热门旅游目的地，淄博、榕江就是典型的案例，淄博和榕江可以说是打了一场漂亮的文旅"翻身仗"。

曾经天然独特的文旅优势会被如今的"玩法"所冲击。如三亚在冬天就感受到了这种情况带来的"尴尬"，本是坐等八方游客到来的季节，结果没想到杀出个哈尔滨将优势资源和宠游客的"玩法"结合，三亚被"打"得措手不及。

当时我们还提出一个理念，要把"村超"足球场当作一个景区来运营。当把"村超"足球场看作一个景区的时候，意味着我们要将游客来到这个景区里面看的、听的、玩的、吃的、体验的东西等各个方面都考虑进去，并且还要让他们参与其中。

与其说把"玩法"说成是策划，我更愿意把他称为"发起"。从政府的层面来说，很难去花长时间组织运营这些"玩法"。因为对比景区来讲，很多景区也有类似的展演项目，而且安排有专人进行表演运营，这是政府层面很难做到的。

之所以我将"玩法"称为"发起"，是因为我们只需要发明一种"玩法"并将这种"玩法"传播出去，形成一种情绪共鸣和行为模仿。比较典型的一个例子是我们策划了一个"来'村超'管饭吃"的"玩法"。当时是首

花带迎宾

场比赛，我们得发明一个"玩法"，让村民玩起来，让网友看到，并刺激他们到榕江"打卡"的欲望。

于是我自掏腰包花了50块钱买了50个卷粉，叫我们办公室的一个小妹妹用簸箕抬着这些卷粉到观众区邀请观众免费吃美食。这一行为背后的逻辑是想让观众给球队加油助威，所以我让她给观众说："大家帮我们村加油呐喊，我送卷粉给大家吃。"

我们把这个行为进行传播转化，设置了"来'村超'管饭吃"的话题。首先，这个行为很自然，符合人性的出发点。其次，我们的目的是通过这样的传播发动所有的啦啦队，让他们看到原来可以采取这种方式去为自己村的球队加油。最后，我们要让网友看到这种新奇的"投喂"方式，让他们最终被情绪所驱动，进而到"村超"旅游。

通过50块钱发起的这种"玩法"，一发不可收。第二周比赛开始，"村超"球场直接开启了"投喂"模式。其他村的啦啦队说："他们村有卷粉，我们村还有糯米饭、小香鸡、牛干巴，我们下次也这样去拉粉丝为我们村加油。"最终这些"投喂"视频通过媒体传播出去，得到了一致的好评，激发了老百姓的自发参与，带着为了给村里球队加油、拉人气这样一种情感和出发点，纷纷拿出自家的拿手美食进行免费"投喂"。村民还进行了再创造，不断"卷"起来，后面有了"村民饮品上线""'村超'菜单上新了"等延展话题。

游客们惊讶地发现，"村超"竟然还有这种有趣的活动，观看球赛的同时还能享用免费的美食。于是，大量游客来到现场，期待能体验这种免费吃美食的方式，有些游客自己录视频验证来"村超"到底能不能被啦啦队"投喂"，他们闭着眼睛把手伸出去，果然手里马上就得到了一碗凉粉。

通过发动和提供"玩法"让全民参与进来，本身这个"玩法"就是一个

美食"宠粉"

很好的传播点。所有人参与进来成为"玩法"的体验者，同时也成为这个"玩法"的传播者。所以我们每个星期都会发起一些新的"玩法"，通过这样的套路，让大家身在其中，不亦乐乎。

还有一个重要的"玩法"就是足球赛事上的"玩法"，为了做大流量、丰富内容，我们策划发起了"全国美食友谊赛"，向全国球队发出邀请，代表当地美食出战，球队的名称以美食来命名。"吃"是我们每个人每天挂在嘴边最平常的话题。"美食+足球""美食+非物质文化遗产"带来了巨大的"化学反应"，让"村超"从自己玩发展到全国人民一起玩，实现了质的飞跃和新的发展。

发起这样的"玩法"，是基于流量共享的思维。每个城市都有推介城市的需求，去其他地方或者通过其他方式搞推介，还不如来"村超"这个大流量的中心，通过足球把当地文化、美食等优质文旅资源进行推广，大家一起共享流量、做大流量。这样既玩出了花样，又玩出了名堂。

4.5   凌晨四点剪辑视频，开足马力灌满池
——快准狠，精准制爆

讲述人：欧阳章伟

央视栏目点赞"村超"。在需要被认可的阶段，这份来自权威平台的点赞，给我们注入强心剂，令我们格外珍惜。

这条点赞视频登上热搜时已是深夜，为了能尽快将视频推出去产生裂变，我与黔东南州文旅局主要负责同志和榕江县领导一起商议对策。这个视频剪辑到凌晨4：00，改了一版又一版，最终才得以定稿。我们将定稿视频第一时间推给各级媒体，取得了良好的效果。在"村超"的关键传播节点中，州文旅局主要负责同志，可以说是"村超"的金点子大王，一直为"村超"的"出圈"出彩，默默付出。

"美女旗手方阵""榕江卷粉现场'投喂'""榕江美食陆续登场"等一系列视频，在网上突然"爆火"，我们知道，贵州"村超"的流量开始了。

有点突破想象的是，在我们事先的预计中，一个月内贵州"村超"的全网播放量能突破一个亿就很不错了。令人没想到的是，仅仅开赛一星期，这个数字就被打破了，并且以势不可挡的趋势增长，仅仅两天后，播放量突破到两亿。

为什么"村超"在短时间可以取得如此爆炸性的数据？如何快速利用热点事件创造流量，让每一条视频播放量都达到几十万甚至上百万呢？

欧阳章伟、奉波、唐胜忠、陈显宇几位合伙人合影

新媒体工作是没有休息时间的，热点流量瞬息万变，我们当时根据时事热点，每天策划产出的50条视频，超过半数的视频能够精准地戳中互联网平台用户的喜好。在整个"村超"传播前期，每到周末，无论是我公司小伙伴还是王永杰同志，通宵达旦输出内容几乎是常态，其中的辛酸和五味杂陈只有我们知晓。在"村超"出圈过程中，我几乎没有精力管理贵阳、遵义等公司，虽然合伙人们有所不解，但也一直默默支持，令我非常感动。

我记得有一次，王永杰的妻子给他打电话，电话那头传来的哭声我听得很清楚。我后来才了解到，王永杰的妻子当时处在孕晚期，独自一人在荔波生活，所以经常感到孤独和无助。2023年6月20日，王永杰同志面临着人生的重要抉择，当时黔南布依族苗族自治州有关领导动员他回去工作。一边是未稳固的"村超"事业，一边是对妻子的亏欠，以及领导许下的立马重用的承诺，换成谁都难以抉择，在和榕江县领导汇报后，王永杰最终选择了留下。

此刻的我回想过去，"村超"传播为何如此成功，在几乎只花了办公经费的情况下，干出了世界级的传播案例。我想我现在找到了答案，那就是"主动找事，心血堆积"。

每一个热点事件流量在爆发后的节奏应该是这样：大众知悉热点，到大众参与讨论，最后是大众进行传播。而"村超"流量却是：从事件爆发到热度上升再到热度高峰，甚至会出现二次高峰，然后是热度逐渐下降，直至回归平常。

这个流量变化的时间段，我们简称"24法则"。如何快速利用"24法则"承载热点事件并持续稳定"村超"流量呢？我们的答案是坚持自身方法论：快准狠，精准制爆！

首先是"快"。在流量爆发后的第一时间就快速启动新视频计划，针对当前流量热点，制作与热点相契合的视频内容。

其次是"准"。要利用最短的时间，来准确判断流量热点与自己推广内容的关联性，如若有关联就应该立即追踪事件并输出相关的内容，如若与自身推广的价值观相悖，应当趁早放弃。

在事件最初的爆发事件内容，错过一分钟就是错过千万流量。

最后是"狠"。要用最简单的词语回顾热点事件，用简洁有力的方式突出重点、直击要害，还要敢于取舍。通过热点事件来表达你的内容、你的想法、你的创意，从而让大众对你的内容，比如我们所推广的贵州"村超"，有更多的认知。

只有从万千内容中脱颖而出，你的内容才会传播得更广泛。

4.6 传播内容的把控
——细节决定流量

🎤 讲述人：王永杰

  "村超"的第一场比赛我们没有去传播精彩的球技，主要传播内容聚焦在球场氛围的营造。我经常给人家开玩笑说："为什么'村超'赛事传播一开始没有宣传足球？因为我是一个'球盲'，我不懂足球所以没有宣传足球。"事实上是因为我觉得传播一个事件首先应该是营造氛围，就像我们走在街头看到人群聚集在一个地方就会忍不住看一眼，想了解是什么情况一样。人群聚集的现象会自然吸引你和引发你的好奇心，让你有凑近前去了解

球员相互鼓劲

这些人围在这里到底是发生了什么事的想法。因此我们是通过大众心理的规律来进行"村超"传播的。

思维的改变，内容的选题和角度是吸引流量的关键。选题要新颖、有趣、反差，能够引起受众的共鸣和兴趣。同时，选取的角度也要独特，不要人云亦云，要有自己的观点和见解，要提供有情绪价值的内容，从而吸引更多的关注和讨论。

简洁的排版、有视觉或者情绪冲击的视频，以及简单充满网感的标题表达，都能够提升用户的体验，增加用户的停留时间和提高互动率。同时，针对不同平台和受众的特点，进行定制化的内容制作也是关键。

内容的更新频率和时效性也不容忽视。保持内容的新鲜度和活跃度，定期更新高质量的内容，才能够持续吸引用户的关注。同时，对于热点事件和话题的及时跟进和报道，也能够带来更多的流量和讨论。

与用户的互动也是提升流量的重要手段。通过评论、点赞、分享等方式与用户进行互动，不仅能够增加用户的参与感和归属感，还能够扩大内容的传播范围和影响力。同时，根据用户的反馈和数据分析，不断优化和调整内容策略，也是提升流量的关键。

把控好传播内容的细节，从选题、制作、更新频率到用户互动等各个环节都需要精心设计和执行。只有注重细节，才能够在激烈的网络竞争中脱颖而出，吸引更多的流量和用户关注度。因此，作为内容创作者和传播者，我们需要不断提升自身的专业素养和创新能力，以细节决定流量的理念来打造优质内容，实现有效的信息传播和品牌价值提升。

基于以上的思考，我们进行了另一个细节上的把控，便是我们没有开一场新闻发布会，并且在开幕式上也没有任何一个领导上台讲话。

为什么没有开新闻发布会？因为我们是以村民的视角作为出发点进行传

播的。为什么没有请领导发言？因为我们认为不应该把我们传统做活动的形式套用在乡村比赛当中。不是说领导讲话不重要，作为一项村民自发参与的体育运动，村民们关心的不是领导的讲话内容，而是什么时候开始踢球，球赛里面有什么精彩的项目。所以我们得了解人的心理，回归"玩"的本质。

从人性出发来进行传播和策划整个事情，细节的把控就非常关键。我们得去研究和打破固有的思维模式，去创新和探索出一条回归到本质的传播之路。把控好内容传播的细节，才能够带来更多的流量和用户关注度。

5

扩容共创

5.1 建立媒体群
——与媒体构建共创关系

🎤 讲述人：王永杰

完成自建流量池的传播矩阵布局后，我们还有一个重要的工作就是扩容流量池，要把这个流量池筑得又高又宽。这就需要和全省、全国的媒体交朋友，并且要做好媒体服务工作。我建立了一个贵州"村超"媒体联络群，把我从事媒体工作10多年来所有认识的媒体朋友都拉进群里。一下子，群成员就达到了200多个。

在这个群里，我们每天做得最多的事就是将"村超"赛事的传播点进行梳理分享。我们会把每天具有传播价值的素材进行整理挑选，然后实时分享在微信群中，分享素材的同时，会配上相应的文案和标题，这样可以让媒体朋友在最短时间内知道这样一个视频素材的新闻价值，以便快速进行编辑和发布。

在建立这个媒体群之前我在思考，我们和媒体是一种怎样的关系。是传统的签订协议的合作关系吗？不是，我们手里几乎没有宣传经费。是简单的内容投稿关系吗？不是，这样是无法系统性打造一个IP生态的。最终，我认为，我们和媒体之间应该是共创模式，是合伙人的关系。

第一，任何一家媒体都不会拒绝好的传播内容，这是媒体的安身立命之本，我们要把这个最基本的内容供给服务做好。第二，我们不仅仅是在传播一条新闻，而是在用内容来展现我们新时代乡村的美好生活和每一个普通中国人的积极向上的精神面貌。第三，和媒体的合作很重要，我们可以通过

"村超"一起将媒体的品牌影响力做大，然后寻求共赢。

方法总比困难多，格局打开一点，思想开放一点，很多事就没有那么难了。"村超"的传播价值让我们和全国媒体成为利益共同体。

在这样的理念下，我们迎来众多权威媒体和平台的帮助和支持。新华社、人民日报新媒体中心、抖音、新浪微博、快手专门为"村超"建立了工作群，为"村超"传播开启了快车道。在此过程中媒体的担当与专业精神也让我们一次次感动，就拿新华社体育部及新媒体中心来说，一开始就为"村超"建立了对接群，在"村超"从0到1，再到"出圈"以及进一步长虹过程中，有着重大贡献。再比如央视总台，尤其是贵州站的老师们，风雨兼程传播"村超"，如同及时雨般长期支持"村超"，令人感动。

抖音、快手、微博、微信视频号、小红书等新媒体平台，通过特色内容传播、促进供需对接、提升经营主体数字运营能力等方式，在助力"村超"发展，激发榕江乡村振兴的内生动力方面做了很多特殊贡献。通过和抖音通力合作，2023年5月至10月，抖音"村超"相关话题播放量超130亿次，榕江抖音"打卡"量同比增长388倍。自"村超"概念提出后，我们重点以抖音平台为主传播阵地，培养本地1.28万名"村寨代言人"，打造贵州"村超"矩阵账号，以"村寨代言人"为推广主力军，邀请多位KOL（关键意见领袖）助力，吸引全民参与，数月间，抖音"村超"相关话题词近2万个，18.5万人次参与话题内容创作。

同时，我们利用抖音开放平台投稿技术，提出"村超""全民投稿"方案，打造"拍、剪、播、投、管"一站式服务，用科学的流程化新媒体管理体系，助力乡村数字化。

榕江"村超"在抖音等平台"爆火"后，贵州榕江连夜建设更多的球场观众席，优化市容市貌，村民免费给游客提供住宿等，以满足游客对丰富体验、优质服务的需求。各地网民积极给榕江旅游业发展"提意见",我们也积极"听劝"优化产品与服务,形成了良性互动,树立了"以诚待客"的良好文旅形象。

渠道的打通,加上线下内容的不断策划,源源不断的内容通过一个微信群从小县城传播到了全国各地,甚至吸引了海外报道。线下"玩法"加线上传播,"村超"前期通过这样的方式火爆"出圈"。

同时,我们还有一个重要的传播内容的方式就是直播。

我建立了一个"村超"媒体直播群,向全国媒体提供免费"拉流"服务,进行流量共享,很多媒体在直播"村超"后粉丝数量得到增加、账号关注度得到提升。

说起直播也是充满艰辛。最开始直播团队由融媒体中心旗下的都柳江文化传媒公司负责,公司负责人何晓敏和其团队以前也没有做过如此大场景和专业的足球直播。这该怎么办?把最大力量用上,先保证有,再保证优。第一场直播下来,果然是问题频出。到了第二周,网友们迅速关注涌入直播间,直播面临着巨大的挑战。

对于一个县级传媒公司来说,不管是在人力、设备、技术上来说都是难以承受的,但是他们依旧毅然选择奔赴战场,拼尽全力,这份精神让人动容。因为何晓敏以前是电视台的台长,所以我们都叫她"何台"。她的坚毅感动着整个团队,从她的身上我们真正地感受到一个地方基层媒体人的担当与热爱。

第二周球赛结束后,网友给了我们这样一个评价:"一流的氛围、二流的球技、三流的直播。"但整个直播团队确实已经付出最大努力了。这之后,我们赶紧给县里汇报,请求拨一点资金用于聘请第三方直播技术团队,县里同意了该请求。于是我们找到了当时在贵州省内做直播较为成熟的习明团队，经过多次沟通，他们也被我们的精神感动，决定以成本价支持我们，于是直播情况逐渐好转，慢慢地从"三流直播"逐步走上正轨。后来榕江老乡彭西西得知我们直播这块力量薄弱，便带着支持家乡发展的强烈情怀从上海请来一个团队帮助我们直播，这让"村超"赛事直播水平直接提升到一流水平。这个团队直到现在仍和何晓敏台长的团队进行着合作。彭西西还因为出色的对外沟通能力，在"村超"成功"出圈"后担任了"村超"品牌管理公司的轮值董事长，负责"村超"品牌开发合作和对外联络。以彭西西为代表的榕江在外优秀人才，他们虽然身处他乡，但是仍挂念着家乡的发展。

随着越来越多积极力量的注入，直播很快走上了正轨。通过直播这一件事情，我感觉到足球真的很神奇，能将那么多力量聚集在一起，大家都是因为热爱足球，所以一起来助力"村超"的传播。

开赛第二周以来，从东北到榕江从事乡村振兴事业的由守义、成都资深球迷张明涛、清华大学派驻到榕江挂职锻炼的张恩源、热爱家乡人士张嵩等也加入进来。

为了提升球场内的美感和创新"玩法"，欧阳章伟给县领导建议，可以把由老师从空申村请回来助力"村超"。在创意策划和品牌运营方面，榕江县乡村振兴文旅总顾问由守义提出了大量的金点子，在幕后始终默默无闻地做贡献。

在他的努力下，"村超"球场和周边不仅充满乡土味，也处处充满设计感。由守义还给"村超"球赛设计了一句口号"人生就该有'追球'"，成为大家熟知的"村超"宣传语，他还做出了大量的文化创意策划。张明涛从成都来到榕江定居，担任解说员和"村超"公益事业负责人，他从一个外乡人变成了"新榕江人"。张恩源挂职担任"村超"办副主任，他在对外联络、赛事方案、"村超"经济研究等方面做了大量细致的工作。张嵩积极联络范志毅"'村超'行"事宜，有效助力"村超"赛事活动。

"村超"不仅是与媒体的共创，更是人才的共创。正是在群策群力下和各类人才的聚集下，"村超"才不断壮大和成长。

在"村超"传播初期，我们团队还承担着媒体接待工作。为了让媒体在第一时间就能发现和挖掘新闻线索，我安排团队的赵福润同志专门建立了媒体采访线索库。其实就是一个电子表格，把我们发现的新闻线索一一登记和梳理，大概内容是什么，采访路线是什么，涉及哪些受采访人，以及受采访人的联系方式，等等，我们都做了详细的梳理。只要媒体说出采访需求和方向，我们就能在五分钟内作出响应。新华社贵州分社的记者刘勤兵老师不止一次对我感慨道，你们这个团队真是太迅速和太懂媒体了，我们要什么素材，需要什么样的采访需求马上就能响应。

我甚至要求，每一条新闻线索被哪些媒体采访过，大概内容和选题是什么，都要进行详细记录。这样我们可以避免让媒体报道过度集中和媒体传播点不够丰富的问题。媒体也可以根据这个情况，对自己的选题和内容进行调整。媒体采访线索库能够让各家媒体都找到自己独特新闻视角的新闻线索，更加丰富报道的内容和层次。所以，看似"村超"赛事一个周就开始火遍网络，像突然冒出来的一样，但其实在传播前期我们做了大量的准备和服务工作。

5.2　"大V"行百万点赞视频
——整合一切资源，壮大传播声势

 讲述人：王永杰

通过和媒体形成共创关系，我们传送的素材让很多媒体老师感受到了"村超"的魅力。但因为他们还没有到现场真正感受"村超"的火热氛围，所以还没有和"村超"培养起感情，只建立起简单的关系。

我们在贵州省体育局的关心下，联合组织了一次"村超"媒体行。把媒体老师们邀请到"村超"现场，真正感受一下"村超"的欢乐和"村超"策划运营的情况。

我们为这次媒体行规划了详细的路线，从群众参与、球员日常、啦啦队

贵州艺术家碟当久等人表演节目

文艺表演、宣传策划、新媒体产业到政府服务方方面面了解"村超"全貌。通过这样一次采访，媒体老师心中形成了一个共识：原来"村超"不是自然而然发生的，而是政府创新发展、积极谋划的一次探索，是一个发动全民参与、全民创造、民族文化融入的一个足球嘉年华。它不是简单地办一场大家喜爱的比赛，而是通过办赛打造城市品牌，闯出一条新路助力乡村振兴。

有了这样深度的认识后，各家媒体对"村超"充满感情，他们感动于一个小小的县城竟然有着这样大的梦想，对这座城市的发展充满期待。

媒体行过后，我们的传播开始猛烈发力，各家媒体带着对"村超"和对我们媒体运营团队的感情，周末也在加班加点制作传播内容。所以说，在传播过程中与媒体朋友交流交心是非常关键的。

随着传播热度的不断高升，各路"大V"也纷至沓来。贵州本土博主壶提提、乐天、石学念等为家乡积极发声，不止一次来到榕江策划和制作内容宣传"村超"。"村超"传播里面点赞首个超百万的视频就出自石学念之手。随后，b太、非洲十年、麦总去哪吃、虎哥说车等"大V"都先后来到榕江并联系了我们。我们派出团队专门在内容提供、策划、拍摄协调等各方面进行了周到细致的服务。保证他们来到榕江后就能在内容方面得到一个很好的参谋助手，可以在短时间内实现内容的创作。通过"大V"的传播，"村超"的传播流量池变得更加涌动。从媒体不断报道到"大V"不断加入，我们的受众也不自觉地融入了一场传播的狂欢。很多网友评论："村超"越来越厉害了，今天这个媒体报道，明天那个"大V""打卡"。

其实这也是我们想达成的一个效果。我们的逻辑是要将"村超"赛事人格化，将它看作一个人来培养，养成式的发展让受众和我们产生强有力的情感连接。受众就像看到自己的孩子一样，从出生到一步步长大成人，呵护、包容、关注和支持着"村超"的发展。

6

以"人"为中心的传播

6.1 聚焦到具体的人
——群众叙事传播，每个人都是传播点

🎤 **讲述人：王永杰**

在传播上我们遵循了以人为中心的传播思路。

"村超"赛事涉及方方面面，我们应该首先将传播聚焦在哪方面呢？从大处着想，小处着手。我们最不能忽视的就是每一个事件其实都是由人组成的，所以我们把聚焦点放在了每一个充满个性、充满活力的人上，以人为中心展开我们的传播策略。

首先，就是以球员为传播对象。"村超"的球员有着很强烈的人物身份的反差。球场上他们是草根足球明星，球场之下他们有着自己的谋生职业。一边是热爱，一边是生活，这样的双面人生就已经让人充满想象。

比如我们的"村超"射手王董永恒，在球场上他是最佳射手，球场下他经营着一家早餐粉店。球员中有卖卤肉的、开挖掘机的、在家务农的，但是都不影响他们对足球的热爱。我们把这些具有双重身份的人物带来的强烈反差进行传播时，网友们感觉打开了一个新世界，因为有话题价值，很快就在网络上形成热议。网友惊呼原来足球还可以这样玩，这不就是周星驰的《功夫足球》现实版吗？

榕江县第一中学足球队的教练赖洪静，2005年，他毕业于贵州师范大学体育专业，他率领的足球队在黔东南苗族侗族自治州的各大比赛中，常年名

朗洞镇平地村足球队球员吴化勇

列前茅。2015年，榕江县第一中学被评为"黔东南州足球后备人才基地"，赖洪静获得去法国学习3个月的机会。

乡村赛事里竟然还有个"留法"教练，这一下吸引了受众。大家都想一探究竟，看看"村超"背后到底还有多少不为人知的故事和高人。除了董永恒和赖洪静外，很多人也都对足球充满感情和激情。杨兵、杨亚江、赖洪静、李明星、曾红刚、高松……这些名字随着"村超"故事的展开而成为赛事中独特的风景。

以孩子为传播对象。在球场有很多家长会带着小孩子来玩耍，"村超"足球场在他们眼里就是游乐场。小孩子的天真烂漫、童言无忌的行为本身就自带流量。网友对小孩子有着天然的好感，球场内，小孩子踢球、当啦啦队给球队加油、当"教练"给球队指导、吃美食、拿作业到球场做等一系列的内容都成功地吸引了大家。

球场上踢球的小朋友

　　以女性为对象的传播。具体到人物和身份上，有女裁判、女球员、啦啦队、女主持人等，特别是将民族文化和女性魅力结合在一起的时候，爆发出了巨大的流量。当每个村的女性啦啦队身着民族盛装载歌载舞地在球场自信展示本土文化时，那种独特的东方女性美可以说是一眼万年，瞬间直击心灵的美让人过目不忘。

　　由此我们策划了"村超"旅拍"玩法"。游客穿上民族服装在"村超"球场"打卡"，形成了一道新的风景线。越来越多的游客想看少数民族"小姐姐"，想跟她们拍照，成为到"村超"旅游的心理驱动因素。

　　特别值得一提的是，我们将镜头对准了"村超"女主持人余彩虹、啦啦队员戴瑶瑶和"西瓜妹"熊竹青等。余彩虹因甜美的长相和独特的主持风格引起了我们的关注，于是我们开始有意识地捕捉她在工作场景中的笑容和认

啦啦队身着民族服装入场

真的样子，得到众多网友的喜爱，很多网友为了她专门到"村超"一游。可以说余彩虹已经成为"村超"的一个标签，提到"村超"就会想到她。男主持人杨辉凭借着扎实的主持功底，也深受网友喜欢。将"村超"一个概念化的东西具体到人物标签上，"村超"就变得更加具体化和性格化。当时我们要求摄影师，要专门拍美女，不仅是那种没有距离感的美，那种邻家的美，还要能体现民族风情的美。在这样的安排下，摄影师捕捉到正在场上给球队加油的啦啦队队员戴瑶瑶。当时她身穿侗族服饰、笑容阳光灿烂，自信地在队伍中加油呐喊，让人耳目一新。通过对独特人物形象的传播，受众发起的"村超"话题层出不穷。很多网友用开玩笑的口吻留言："攻下榕江城，活捉戴瑶瑶"。

以老人为传播对象。老人在大众心目中的预设形象是和蔼可亲的，值得尊重的或者老成稳重的。

所以在对老人这个群体进行传播的时候，我们一个是宣传老人的预设形象，进行一些感动人心的内容宣发，还有就是宣传老年人时尚和潮流反差的一面。老人在我们的印象中可能比较安静，缺乏活力，不会像年轻人那么活蹦乱跳，喜欢尝试新鲜的事物。但在"村超"的赛场上，很多老人的行为感动观众：60多岁的阿姨带着闺蜜头扎小红辫在球场给球队加油助威，她们一开始安静地坐在座椅上，得知球队进球了马上从凳子上跳起来手舞足蹈；一位70多岁的大爷手拿着数码摄像机在现场拍摄记录球场精彩时刻；95岁的老奶奶捐出50元钱给村里的孩子们买水喝，成为"村超"年纪最大的"赞助商"；86岁摆贝苗寨寨老带领全村老少身着盛装为观众展示民族文化、为球队加油……在"村超"这个场景里的老人形象是可爱又可亲的，是带给人欢乐和感动的。

不同的人群有自己独特的生活态度和对美好生活的追求向往。所以在传播上，我们不需要去讲太多故事性的东西，只需要一个笑容、一个行为、一句话就可以触动大家内心最善良最纯洁的部分。

顺从预设形象与打破预设形象是我们在人物传播方面的策划核心点。通过人物的传播，让"村超"成为一个正能量的磁场，在这里能看到人间真情，在这里感受到人与人之间久违的温暖。

以职业为对象的传播。"村超"人物传播过程中，政府部门做了大量的服务保障工作，怎么将这些工作给展现出来，体现政府的作为和为人民服务的精神？我们想到以职业故事来讲述政府工作人员不为人知默默付出的一面。职业给每个人已经套上了一个固定的标签，标签之下每个人的一言一行都会受到关注和围观。比如警察这个职业，标签就是为民除害，守护一方安全。城管这个职业标签就是管理城市，执法严格等，标签之下，正面和负面的形

象都有。

那我们怎么去打破职业带来的围墙呢？如何让正面形象更加正面，让负面形象得到扭转呢？其实人性化的服务和以人为本的出发点就是最好的方向，归结为一个字就是"宠"，我们要将"宠"字进行到底。

在这样的认知下，榕江的警察多了一个新业务，帮家长带孩子。很多家长带着孩子来看球赛，小孩子到处玩，家长有时会把孩子给带丢了。现在的小朋友安全意识都非常好，找不到爸爸妈妈时就找警察，于是我们看到榕江警察经常是巡逻时手里抱着孩子，边巡逻边帮孩子找父母。找到父母后的小朋友还买杨梅汤给警察送去以表敬意。

警察的带娃行为一经传播就得到高度点赞。很多人认为警察巡逻已经很辛苦了，没想到还能这么贴心和细致。

这样人性化和暖心的服务让警察威严权威的形象瞬间增添了几分可爱和

"村超"现场接受采访的老人

91

在球场边刺绣的老人

可敬。

此外，交警在服务这块也有很大的提升。有的游客喝了一点酒，不能开车，也没能及时打到车，但又很想去看"村超"，就找到交警，希望其巡逻执勤的时候顺便用警车带他去球场附近。交警同志看这位游客只是微醺，就同意了游客的请求，用警车护送他到球场附近。这样看似无理的要求，或者是根本不敢想的事情，在榕江就有可能发生。在特定的环境下，只需要转变一下思维就可以将我们政府的这种服务形象和态度让民众深深地记在心里。

还有一个是我们的城管，城管在老百姓心目中因为受以前传播的影响，一些人对城管的印象不太好。当我们将管理转变为服务，服务也就变成了一种更加高级的管理，这时，人们便改变了对城管的"刻板印象"。

"村超"球场外有3 000多个摊位，这对城管来说是一个管理难题。群众为了生计去摆摊难免存在占道经营等不符合管理规定的行为。面对这些情况榕江城管是怎么做的呢？一位老人到球场门口卖西瓜，榕江县综合行政执法局市政综合执法大队的工作人员很快赶到现场，不是劝阻，而是挑起西瓜带

巡逻执勤的特警

着老人一起寻找免费的摊位。"村超"火了之后，设在球场内的400个摊位不够用，县里又在球场四周增设了2 100多个摊位。卖西瓜的、杨梅汁的、冰粉的、鱿鱼的、肉串的……各种摊位林立，执法大队工作人员在美食摊间穿梭。天气炎热，汗水湿透了他们的后背。

一位老奶奶占道经营卖水果，城管工作人员给她解释这里会有车辆通行，很危险。他们帮老奶奶挑着水果去安全的地方摆摊。于是就出现了一个温馨的画面：工作人员手牵着老奶奶，帮她挑着菜篮到安全的摆摊位置，炎热的天气，工作人员后背的汗水浸湿了衣服。这个内容在网络平台发布以后，网友们被这个暖心的画面感动，称赞这些工作人员是"村超"的一束光。

除此之外，"'村超'最美半蹲"也是火遍网络。"村超"重要节点的比赛都会有燃放烟花这个环节。因为场内能容纳的观众有限，很多游客只能

球场外卖酸梅汤的摊主

在球场外的大桥上远远观赛。烟花绽放时，大桥上执勤的警察为了不遮挡游客观看烟花，集体选择半蹲，只为游客能看到最美的烟花。这一行为无不感动着现场的游客和线上的网友们。所以说，最好的传播策划其实也都是源自榕江人民真实的生活、真善美的行为。以真心去为别人着想的利他精神在这一刻化为最真实的写照。"宠爱之城""暖心之城"成为榕江新的城市形象代名词。

6.2 "快乐之城"的城市画像
——以真善美为内容的传播

讲述人：王永杰

作为一项老百姓深度参与的乡村赛事，我们在传播上定下的基调是要展现中国老百姓的生活状态和生活态度，通过传播一份快乐去展现老百姓的风采。

演唱侗族琵琶歌

表演苗族芦笙舞

通过足球赛事这个媒介，"村超"把平凡生活中每一处真善美传递给大家，展现乡村最美好的模样。

要想达到这个目标很不容易，作为传播工作者来说，这是一种自我加压的行为。因为这些传播内容不是靠策划就能简单形成的，而是需要一个社会氛围，这里面就涉及社会治理和政府管理等方面的资源整合，让社会氛围朝着一个正能量的方向前进，呈现一个最真实的状态。

三次"思想解放"由此开启："我能为'村超'干点啥？""如何守护好'村超'品牌？""我能为'村超'氛围营造做点啥？"

榕江县领导召开头脑风暴会和恳谈会，通过传播的手段号召群众进行思想大讨论，每个人的想法和见解我们都通过媒体发布出来，可以是唱的一首山歌，可以是写的一首打油诗，或者去做一件实实在在的好事。"村超"要

让真善美的行为被看见，让正能量的观点被听到。

开赛之初，不少外地球迷吐槽：打不到车，餐馆不太卫生，酒店少还涨价……突如其来的走红让榕江承受了很大的压力。因为榕江不是一个传统的旅游城市，所以很多人也没有想到，榕江有一天竟然会迎来那么多游客。如何让群众走向前台，成为发展"村超"的主体，让全县人民行动起来，我们发起了思想大讨论"我为'村超'做点啥"，每一个榕江人、每一个政府部门作为主人翁，都想一下能做点什么才能让这座城市的形象充满正能量。

很多游客来到榕江后，因为各方面服务不完善，在网上发布了一些吐槽的视频。榕江老百姓看到了，就去给人家留言说："对不住啊，我们榕江好不容易才有这次机会发展旅游，确实有很多方面还做得不够，你不要生气，

摆贝苗寨八十多岁的老党员

来我家，我请你吃饭啊，希望您多多包谷。"很多游客因为这样真诚的态度而感动，纷纷删除了吐槽视频，并祝愿榕江越来越好。

随着大量游客涌入榕江后，住宿短缺成为最为棘手的问题，村民们知道这个消息后，纷纷把家里空闲的房间打扫干净，发布视频喊话游客到家里来免费居住。很多游客去住了以后，被淳朴的榕江老百姓感动，录制短视频并发布在网上进行传播。

榕江就像是班级里面学习一般的学生，他通过刻苦努力，点点滴滴地展现着自己的优点和价值，希望得到大家的关心和爱护。

在这样的氛围下，我们将好人好事通过新媒体传播出来，影响着身边的每一个人。"榕江还是那个榕江，榕江人还是原来的榕江人，但'村超'激发出了人们心中的真善美，并且持续保持真善美。"榕江县领导说。

榕江人民通过淳朴善良、热情好客、诚信经营等真善美的表现，感动了无数的球迷和游客，形成了榕江人民文明友善的集体意识、集体荣誉和集体行动。

7

让文化被看见

7.1 激发文化表达
——我要展示我自己

🎤 **讲述人：王永杰**

"村超"融合创新最重要的核心就是文化。仅仅是去传播足球赛事内容，通过单纯的乡村赛事不可能掀起流量的风浪。

将贵州的文化、中国其他地方的文化，甚至世界各地的文化融入"村超"，那整个赛事就从一场体育比赛变成一场文化盛宴，内容话题源源不断，这样"村超"的生命力将更加持久。

四川蓉城开江艺术家在"村超"现场表演

在文化的表现方式和传播方式上，我们也有自己的思考。

贵州有个响亮的宣传语叫"多彩贵州"。多彩贵州多彩在哪些方面？这就涉及美食文化、民族文化、风土人情等相关的内容。以前对贵州的宣传，主要是站在政务媒体和其他主流媒体的角度，从大处着手，对贵州的整体形象进行宣传，很少通过文化生活场景化、人物个性化进行创新地表达。

大片虽然看起来很带感，但是离受众的心理距离和身体距离都太远。比如我们要宣传一个民族文化的歌舞，常规的做法是先排一场戏，然后到各个地方去展演。这样的传播方式不是说不好，虽然也影响了一部分受众，但是对普通的老百姓来说，这样的文化离他们太远，他们觉得这是精雕细琢的东西，而且也没有机会到大剧院欣赏。文化展现的场景让他们觉得很陌生，文化变得高高在上，触不可及。基于这样的分析和判断，我们提出在文化的传播上，让文化能被看见、被听到、被摸到。所以"村超"在啦啦队巡游的环节和游客零距离互动时，设计了分享美食、文化展演、人物装扮等活动项目，让啦啦队的成员变成游客身边行走的文化符号。这个环节让游客大饱眼福和大饱口福，他们从来没见过的场面或者以前只在电视宣传片里见过的场面就活生生地出现在他们的面前。

通过文化的展示，激发了老百姓对民族的自豪感和荣誉感。因为这些文化的承载者本身就是普普通通的老百姓。以前因为交通不便、网络不便导致信息闭塞和传统传播思维的限制，贵州这些藏于老百姓日常生活中的文化没有被完全看见。他们自己也就觉得这些东西也是生活中很平常的一部分，都是农村的东西，难登大雅之堂。他们没想到的是，通过新媒体的互动式传播，这些在以前"毫不起眼"的文化被全国的网友认可和点赞。老百姓也通过手机就直接接收到了这些正向的反馈，通过传播的力量获得一种身份的认可和文化的尊重。自此之后，村民的自信心越来越足，人一旦自信起来就会

当地少数民族向游客展示本民族服饰

有表达的欲望。通过互动式传播我们激发了老百姓的这种自信和表达欲望，他们自发主动地想去展现自己的文化和自我的风采。在"村超"这个百姓大舞台上，涌现出了很多优秀的文化节目和展演，让很多贵州本地人都惊呼"我们贵州原来这么有内涵，以前我们都不知道啊"。

摆贝苗寨的村民们身着百鸟衣出现在球场时，精美的服饰和洒脱的舞蹈马上就吸引了游客的目光。网友们通过"村超"展演看见了苗族百鸟衣，知道了苗族百鸟衣原来是由国家级非物质文化遗产"苗绣"刺绣而成，被誉为"穿在身上的苗族史诗"。

通过这样的传播方式，大家发现我们的民族文化实在是太牛了，民族文化真正走到了群众身边，走进了群众心里。

7.2 文化凝聚人心
——文化认同形成群体传播力量

🎤 讲述人：王永杰

　　"村超"足球赛事备受瞩目，不仅因为它是一项体育盛事，更因为它成功地将贵州乃至全国丰富的非物质文化遗产和民族文化展演融入其中，让文化真正走进了群众的生活。通过新媒体的广泛传播，这些深厚的文化内涵得以在更广阔的范围被认识和传承，形成了一股强大的文化传播力量。

展示中国舞龙文化

表演侗族大歌

　　贵州，这片神奇的土地上，居住着众多的民族群体，他们各自保留着独特的民族文化。在"村超"赛事中，这些独特的民族文化得到了充分展示。我们巧妙地将非物质文化遗产元素与足球比赛相结合，不仅为比赛增添了浓厚的地域特色，也让参赛者和观众在激烈的比赛中感受到了民族文化的魅力。

　　在我们看来，榕江县拥有一个"世界级"的文艺组织团队，这个团队由相关县领导带领下的文旅部门的中坚力量组成。他们默默付出，加班加点统筹谋划文艺节目，引导群众参与到文化展演活动中。这个过程非常艰辛，但在文艺组织团队的付出与担当下，贡献了一场又一场的视觉盛宴和"文化大餐"。

　　在赛事的啦啦队巡游和中场表演环节，观众可以欣赏到精彩的非物质文化遗产表演，如苗族舞蹈、侗族琵琶歌等。这些表演不仅展示了贵州多元的民族风情，也让更多人对这些即将失传的非物质文化遗产有了更深入的了解。此外，赛事期间还设有非物质文化遗产体验区，观众可以亲自动手体验苗族刺绣、银饰制作等传统手工艺，从而更加直观地感受到非物质文化遗产的魅力。

除了展示贵州本地的非物质文化遗产，"村超"赛事还积极引入全国各地的民族文化展演。这些展演活动不仅丰富了赛事的文化内涵，也为来自全国各地的观众提供了一次文化交流的机会。在展演中，人们可以看到不同民族的传统服饰、歌舞、戏剧等，每一种文化形式都承载着该民族深厚的历史和信仰。

这些展演活动不仅吸引了大量现场观众的目光，也通过新媒体的传播，让更多人领略到中华文化的博大精深。文化的多样性在这里得到了充分体现，不同民族之间的文化交流也促进了社会的和谐与进步。

新媒体的崛起为文化的传播提供了前所未有的便利。我们充分利用了新媒体的这一优势，将比赛和文化活动通过网络直播、短视频、社交媒体等多种形式进行广泛传播。这种传播方式不仅打破了地域的限制，让无法亲临现场的人们也能感受到比赛的激情和文化的魅力，还极大地扩大了赛事和文化活动的影响力。

通过新媒体的传播，贵州乃至全国的非物质文化遗产和民族文化得以在更广阔的范围内被认识和传承。这种强大的传播力量不仅增强了人们对中华文化的认同感和自豪感，也为文化的传承和发展注入了新的活力。

文化的传承是一个民族生生不息的根基。"村超"赛事通过融入贵州乃至全国非物质文化遗产和民族文化展演，不仅让更多的人了解和欣赏到了这些独特的文化遗产，也为它们的传承和发展提供了新的契机。在现代化进程不断加快的今天，如何传播、保护和传承这些珍贵的文化遗产显得尤为重要。

瑶族群众表演民族舞

我们通过将体育与文化相结合，让更多的人在享受体育竞技的同时，也感受到文化的魅力。这种跨界的合作模式不仅丰富了体育赛事的内涵，也为文化的传承和发展开辟新的道路。这不仅是一次体育与文化的完美结合，也是一次文化传承与发展的积极探索。我们有理由相信，在未来的日子里，这种融合与创新将继续推动文化的繁荣与发展。

8

名人效应

8.1 欧洲金球奖获得者欧文发来贺电
——名人线上互动，影响力叠加

🎤 讲述人：王永杰

通过媒体的大量报道，"村超"已经成为网络热点事件。这个时候在传播节奏上的调整尤为重要。媒体的大量报道功不可没，然而，当它已经站在大众视野的聚光灯下，如何进一步拓展其影响力，便成为了一个新的课题。从传播的角度来看，这是一个需要精心策划和把握节奏的过程。

前期的媒体报道让"村超"获得广泛关注后，"养成式"的传播节奏成为持续吸引受众的关键。这种传播节奏就像是一场精心编排的戏剧，随着剧情的推进，不断满足受众的心理预期。大众对于"村超"的认知，从最初的好奇逐渐演变成一种深深的喜爱和期待，"村超"在大众心里已然成为一种代表着热情、活力与纯粹体育精神的载体。在这个关键节点上，进一步提升"村超"影响力的新契机出现了——名人效应。

在全球化的今天，信息的传播早已跨越了国界，国外媒体对"村超"的报道使得这一赛事在海外引发了广泛的关注。这无疑为"村超"走向更广阔的舞台打开了一扇新的大门。此时，通过潘禹樟的牵线搭桥，我们联系上了足球巨星欧文的团队。欧文在看到"村超"的报道后深受震撼。他惊叹于中国贵州乡村有如此精彩绝伦、充满活力的足球赛事。欧文从发展足球教育和推广足球运动的角度出发，专门录制了祝福"村超"的视频。这一视频的价值，不仅仅在于一位足球明星的简单祝福，更在于它所蕴含的强大传播力。

在新媒体的传播环境下，信息的传播速度如同闪电一般。欧文的祝福视频一经发布，便如同一颗投入平静湖面的巨石，迅速引发了全球范围内的关注。它像是一阵狂风，将"村超"的传播之火推向了一个新的高潮。

对于"村超"而言，名人互动带来的益处是多方面的。首先，从传播范围来看，欧文的国际影响力极大地拓展了"村超"的受众群体。无论是欧洲的足球强国，还是南美洲足球氛围浓厚的国家，无数球迷通过欧文的视频认识了"村超"，这种跨地域、跨文化的传播效果是传统传播方式难以企及的。其次，在传播深度上，名人的认可和祝福赋予了"村超"更高的价值内涵。欧文作为足球领域的巨星，他对"村超"的称赞从专业角度肯定了赛事的质量和意义。这让受众对"村超"的认知不再仅仅停留在它是一场热闹的乡村足球比赛，而是上升到了它对于足球文化传承、足球教育发展有着积极意义的层面。这种深度认知会让受众更加愿意深入了解"村超"，参与到与"村超"相关的话题讨论和传播中来。再次，从传播的持续性来看，欧文的视频成为了"村超"传播过程中的一个重要节点，后续围绕这个节点产生一系列的二次传播、三次传播。其他媒体、自媒体会纷纷围绕欧文与"村超"的互动展开报道、解读和评论，这种持续的信息衍生和传播能够让"村超"在长时间内保持较高的热度，不至于在大众视野中昙花一现。

名人互动在贵州"村超"的传播过程中发挥了至关重要的作用，它像是一把神奇的钥匙，打开了"村超"走向世界、深入大众、持续发光的传播之门，为"村超"这一独特的文化体育现象注入了源源不断的活力和魅力。

8.2　贺炜、韩乔生亲临现场解说
——名人线下互动，金句频出

🎤　讲述人：王永杰

在足球领域，除了国际球星，解说员也是一个非常关键的角色。"足球诗人"贺炜到"村超"解说便是一个标志性的事件。他的到来，为"村超"带来了更多的关注和曝光，他的精彩解说，向更广大的人群传递了足球文化和精神。我们还通过榕江县晚寨村"名誉村长"水木年华成员缪杰联系到了

韩乔生现场解说

著名足球解说员韩乔生，并邀请他到"村超"现场解说。怀着对中国足球事业的赤诚之心，韩乔生老师欣然答应到榕江进行公益解说。

韩乔生一张口，那就是金句频出："农村包围城市，'村超'引领全国""榕江的'村超'有高度，榕江的西瓜有甜度""人就是要有追'球'，一球不争何以争天下"。现场的氛围加上一句句金句产生了强烈的传播效果。我们制作的韩乔生"村超"解说十大经典语录，在网上火热传播。在新媒体传播上有一个规律是"无金句不传播"，夸张一点就是"语不惊人死不休"的感觉，只要把握好内容的方向即可。

随后我们还荣幸邀请到了足球运动员范志毅、"足球诗人"贺炜、著名解说员黄健翔、中国金球奖先生武磊等名人通过线上线下不同的方式为"'村超'打call"。

名人效应除了很好地展现在球场之内，球场之外我们也进行了延伸。韩乔生、范志毅、贺炜等名人走进村寨感受自然风光和人文风情，通过他们的行程和视角，充分宣传了榕江的文旅特色。

名人效应的好处就在于名人本身具有较高的知名度和专业素养，他们的言论和行为往往能够引起公众的广泛关注和效仿。这种影响力不仅仅局限于名人的粉丝群体，还能通过媒体的广泛报道影响到更广大的受众。在"村超"传播中，名人的作用尤为突出。他们的发声往往能够迅速被媒体报道和传播，从而扩大影响范围。贵州"村超"作为一项民间足球赛事，原本只在国内有了知名度。然而，当各类名人参与后，这一事件迅速引发了国内外媒体的广泛关注。这不仅为"村超"赛事增添了光彩，更使得赛事的传播形象快速拔高，影响力叠加。

名人效应对"村超"传播起到以下几个作用。

一是增强了传播的广度和深度。名人的参与往往能够吸引更多媒体的关注，从而增加新闻报道的数量和深度。二是在欧文祝贺"村超"的事件中，国内外多家媒体都对这一事件进行了深入报道，不仅介绍了"村超"赛事的背景和特点，还探讨了名人效应在传播中的作用。这些报道无疑增强了"村超"赛事的传播广度和深度，使其影响力不断扩大。

二是提升品牌形象和知名度。名人的参与往往能够提升活动的品牌形象和知名度。各类名人在"村超"的传播事件中，良好的形象和知名度无疑为"村超"赛事增添光彩。这种名人效应使得更多的人对"村超"赛事产生了

榕江县摆贝苗寨

兴趣和好感，进而提升了其品牌形象和知名度。

三是引发公众的关注和讨论。名人的言论和行为往往能够引发公众的关注和讨论。名人在"村超"赛场内和赛场外的各种言论和行为在社交媒体上引发了广泛的讨论。这种高度互动性和传播效应使得"村超"赛事在公众心目中的地位得到了进一步提升。

四是促进相关产业的发展。名人效应还能够促进相关产业的发展。名人深入村寨和自然景区带来的影响力随着"村超"赛事知名度的提升而增强，

相关的文化、旅游产业也得到了发展。越来越多的人开始关注榕江的文化和旅游资源，为当地的经济发展带来了新的机遇。

虽然名人效应在增强传播广度和深度、提升品牌形象和知名度、引发公众关注和讨论以及促进相关产业发展等方面起到了积极作用。但是在传播节奏里不能长期以名人效应作为活动的吸引点和传播点。长期依靠名人效应会导致受众的"胃口"变大，因此不能以名人效应作为活动的兴奋剂，只能作为助燃剂。当过度地把名人和一个品牌捆绑，下一次没有名人来"村超"了，是否就意味着流量和关注度也就不在了。"村超"长期火热的要点在于洞察"村超"的核心价值在哪里，"村超"永远是老百姓的大舞台，名人是为了让这个大舞台增光添彩，而不是来抢"风头"。从群众的心理来说，名人的适当加持是对他们的一种认可和鼓励，是因为他们的付出，有了"村超"的精彩，所以才有了大咖们的助力。因此，当名人效应犹如华丽的烟花绽放后，舞台中央依然是我们的群众。

名人效应对网上的受众来说，也会给他们造成一个错误印象，来"村超"就是看各种明星的。一旦没有名人到场，到"村超"现场的冲动和欲望就会降低，要避免造成这种认知上的偏差。要永远记得，立足于人民的大舞台，才是"村超"。

9

价值高地

9.1 大咖点评与深度调研
——从热闹看门道

🎙 讲述人：王永杰

　　从自建流量池到媒体共创到价值高地到品牌建设。我们终于迎来了最后的临门一脚，要提炼和上升"村超"的IP价值，就必须打造一个持续的品牌，从而形成自己的价值高地。只有将现象转化为价值理念才能长远发展和不断前进。

印有"贵州村超"的T恤

随着传统纸媒和电视报道不断发布，在新华社和央视很多高人的指点下，我们将传播的船头对准了从"乐子"看"路子"这样一个方向。通过乡村足球的乐子闯出乡村振兴的路子，乐子找路子，路子强乐子。随之迎来了国家发展改革委调研组、国务院参事室调研组、新华社调研组、中国入世首席谈判代表、博鳌亚洲论坛原秘书长龙永图，智纲智库创始人王志纲，知名时事评论员龙建刚等重磅嘉宾和团队。

这个时候"村超"已经被各大权威媒体进行大篇幅报道。品牌公信力和认知度不断得到提升的底层逻辑是什么？其内在价值何在？权威机构、专家以及行业大咖点评将为"村超"带来华丽的转身，一转身必将惊艳世人。原来"村超"是在下一盘大棋，原来"村超"是一场战略的谋划。恍然如梦的感觉，给受众带来了一次心灵的冲击。

"村超"异军突起的背后原因何在？海量的热度是否会迅速退潮？榕江供其他欠发达地区学习借鉴的经验有哪些？

带着这些问题，智纲智库创始人王志纲和知名时事评论员龙建刚带着对家乡贵州发展的关心，相约来到榕江对"村超"现象进行调研。

在与我们进行深度交流和现场调研后，王志纲指出"村超"的火爆"出圈"绝非一时运气，而是厚积薄发的结果，是在一次次失败后不断总结经验、持续探索的结晶。

离开榕江后，王志纲写了一篇文章详细阐述了他的"村超"之行的所思、所想、所得，还专门提到了传播工作。"为了让整体的传播营销更加市场化、专业化，县里特地成立了"'村超'新媒体专班"，专人专岗，特事特办。和政府传统的宣传渠道相比，专班的成立省去了很多程序的同时，也让内容创作更富生命力，这一举措对于'村超'二次传播的成功，可谓至关重要。"

"这次榕江行，我也见到了专班的几个小伙子，他们的主要工作就是负责组织当地参与过直播培训的农民们，分批前往现场拍摄，素材全部交回专班后，再由专业的运营人员根据主题剪辑、包装'名场面'并做好新媒体运营，同时通过'碰瓷'足坛名宿等手段，不断搅动热度。"

"这场掀起舆论狂澜的营销事件，真实的花费少到超出所有人的想象，这同样是高手在民间的另一真实例证。"

我和欧阳章伟便是他口中的小伙子。

文章一经发出，就引发了政商界人士的广泛转发和讨论。越来越多的人走进"村超"、认识"村超"、研究"村超"，"村超"的价值不断升华。

为了研究"村超"传播现象，《传媒》杂志和中国传媒大学专门为此举办了研讨会，邀请我们到会参加分享，与专家学者共同探讨"村超"传播方法论。

"村超"火爆"出圈"，也让龙永图深有感触。"为什么全球最高水平的足球联赛英超会看中我们贵州一个小小的'村超'？就是因为'村超'做得好，具有影响力。"在他看来，乡村文化与足球文化的碰撞，叠加贵州少数民族文化等多重因素，让"村超"成为一个"现象级"的超级IP。

龙永图还见证了贵州"村超"牵手英超，他认为这对于贵州的经济发展，特别是对外开放有很大的启示。"打铁还需自身硬！要走出去，要开放，首先得把自己做好。'村超'就是做得好，才吸引了像英超这样的大牌赛事来合作。"龙永图认为，立足资源禀赋，贵州要充分发挥比较优势，积极吸引和利用外来投资，推动高水平对外开放。

国家发展改革委的重磅调研文章《"县"在出发，贵有"超"经济——中国式现代化县域经济大调研贵州行》重点在经济方面解析了"村超"现象。

　　国务院原参事汤敏以乡村振兴角度为研究重点，撰文《第三只眼看"村超"——从贵州"村超"看文体旅产业如何助力乡村振兴》全方位阐述了"村超"发展的路径。一系列的研究报告和相关学术文章的发表，使得"村超"从一名会来事的"农村小伙"变成了隐藏于市的"民间高手"。

　　从传播的角度来讲，新媒体与传统媒体谁更重要？谁才是话语权的重要载体？新媒体碎片化没营养，传统媒体长篇大论看得人头晕。

　　新媒体"短平快"，容易让人情绪上头的特性在打造一些热点事件上战斗力十足，氛围组组长非它莫属。传统媒体在全方位报道、价值提炼、深度解析方面绝对是实力担当。新媒体和传统媒体都有着自己明显的优点和缺点。

比赛精彩瞬间

如果把传播形容为从谈恋爱到结婚这样一个过程。暧昧期、热恋期、结婚蜜月期、婚姻生活每个阶段都有每个阶段的心境和状态。

新媒体传播就像是暧昧期和热恋期的恋爱，情绪价值拉满，充满刺激和心跳的感觉。传统媒体系统性传播阶段就像结婚蜜月期，价值高地传播阶段就像婚姻生活，慢慢地从相知、相识到相伴，将彼此深深地嵌入今后的人生轨迹当中，互相感受日常生活中彼此之间的点滴温情。

新媒体传播阶段一个个热点上榜造出声势，引发新华社、央视、《人民日报》等权威媒体的深度报道，从一个个人物到一个个故事，为"村超"描绘了一幅全景图，也为"村超"定了性。央视在报道中首次提出"'村超'是中国式现代化实践的生动诠释"。新华社报道，"村超"是从乡村体育的乐子中找到乡村振兴的路子。这样的高度评价和论断靠自己说是不行的。深度调研文章和大咖点评最终将"村超"推向品牌的高光时刻。

综上所述，不同媒体类型在一个传播事件中的出场顺序相当重要，要在不同的传播阶段中将对应的媒体平台优势发挥到极致。

9.2 外交部发言人点赞"村超"
——代表国家形象展示风采

讲述人：王永杰

当新华社、《人民日报》、央视都对"村超"进行报道后，我们在复盘会上说，外交部发言人应该快发声了。我们之所以这样说，一个是媒体渠道的畅通，一般外交部发言人的发文信息多数来自新华社、央视等权威信息源。第二个是我们觉得"村超"这样的场景展现的就是一个最真实和充满活力的中国，会引起外交官们的关注。

果不其然，复盘会后不到一个星期，2023年6月5日华春莹在推特账号上发布央视报道"村超"的新闻内容。推文写道，首届"村超"在中国贵州省拉开序幕，吸引了成千上万人观看，本届"村超"共有榕江当地20支球队参加。激情四射！精彩非凡！不久外交部发言人汪文斌也发文推介"灿烂的烟花在贵州'村超'绽放"，汪文斌发布的视频采用了我们"贵州'村超'纪实"自媒体账号的内容。

"村超"诞生以来，外交部副部长华春莹已经四次发文推介，甚至在一个星期内从国际交流的角度连发了两条推文，推文内容采用了新华社和我们的自媒体账号"贵州'村超'纪实"。

一个小小的乡村赛事为什么会频繁得到外交官的推介点赞？

其一，"村超"展现了中国乡村体育的魅力和活力。在比赛中，队员们展现出高超的技巧和顽强的拼搏精神，吸引了众多观众的关注和支持。这种

烟花表演

热爱体育运动的精神，展现了民族团结、人民幸福、国泰民安、政通人和，是中国乡村文化的重要组成部分，也是中国外交官想要向世界传递的积极信息之一。

其二，"村超"足球赛事得到了当地政府和社会各界的广泛支持和参与。从组织策划到具体实施，这种全民参与、共同推动的文化氛围，不仅提升了赛事的知名度，也增强了村民的凝聚力和向心力。

其三，也是最重要的原因，"村超"体现了中国乡村振兴战略的成功和意义。通过发展体育运动和文化事业，可以促进乡村经济和社会的全面发展，提高了农民的生活水平和幸福感。同时，也为中国乡村振兴战略注入了新的动力和活力。

这就是我们占领价值高地和策划国际传播方向正确决定的最好印证。

10

流量共享

10.1　发起全国美食邀请赛
——我有的，你也要有

🎤 **讲述人：欧阳章伟**

　　贵州"村超"不仅是一项足球比赛，更是一个文化交流的平台。在这个平台上，全国各地的美食文化得以展示和交流。通过发起贵州"村超"全国美食足球友谊赛，"村超"官方可以将各地的美食文化与足球比赛相结合，打造出一个独特的品牌形象。同时，美食赛的举办也可以吸引更多的人关注"村超"，提高比赛的观赏性和娱乐性。

　　那时候，"村超"球赛正处在关键的策划和实施阶段。我们发现近几年"网红城市"的热度难以持续，于是想着得找个法子让"村超"一直火下去。经过一番分析，我们觉得新发展理念"创新、协调、绿色、开放、共享"很重要。"村超"火爆内容的本身，是足球与民族文化的加持，而这两个元素并不能通用在不同的人群上。我们通过讨论，得出一个让人群普遍适用的答案，那就是美食。随即，我们决定开办全国美食足球友谊赛。以美食为主题，搞一场全国性的美食足球邀请赛。这个决定主要是因为美食对各种人群都有很大的吸引力，尤其是年轻人。

　　比赛一经推出，关注度特别高，报名的球队超过了1 000支。我们筛选了一些能展现美食、非物质文化遗产和有文化故事背景的球队参赛。其中，南昌拌粉队和榕江卷粉队的比赛让我印象深刻。那场比赛质量高，被网友评论为"村超"开赛以来水平最高的一场，反响特别正向，特别热烈。比赛融入

辽宁东港草莓队在球场上欢庆胜利

了江西的优质文化节目，完美承接了"村超"正赛的热度。

美食邀请赛之所以能有各地的积极参与，初始原因是他们希望通过这个平台宣传自己。对我们来说，这是一次互利共赢的宣传尝试。用共享的思路办赛，目的是促进各地文化交流和传播，让大家一起把"村超"之火，烧得越来越大。

从传播方面来说，我们专门打造了优质内容，打造出一个流量高地，同时也和各地球队共享这个传播思路。全国各地的球队带着他们特色的文化节目来，跟我们一起为互联网贡献优质的内容。然后通过大家齐心协力，把流量池筑高，让"村超"IP的火热和持续性得以保证。

榕江县领导系统提出的"'村超'三步走战略"。首先是把民族文化跟足球结合起来，地方美食也要创新融合，这样才能初步"出圈"。然后是全国美食友谊赛，全国各地共享这个平台。最后的目标是和世界人民共享"村超"，包括跟共建"一带一路"国家举办友谊赛，甚至推出"'村超'世界杯"。这个战略就是为了不断扩大"村超"的影响力，实现和世界各国的文化交流和共享，将"村超"做成国际化品牌。

从新媒体传播的角度来看，流量共享的前景非常广阔。随着互联网技术的不断发展，流量共享的方式和手段也将不断被丰富和创新。我们期待看到更多的品牌、赛事通过流量共享的方式扩大影响力，促进文化交流和商业合作。

贵州"村超"通过发起全国美食赛并促进流量共享的方式，不仅提升了比赛的影响力和知名度，也为乡村文化的发展和传播开辟了新的途径。未来，我们期待看到更多的品牌、赛事通过流量共享的方式实现多方共赢，共同推动社会的进步和发展。

10.2 香港明星队主动参赛
——一只猪脚撬动两亿流量

讲述人：欧阳章伟

你知道香港明星足球队是怎么和我们"村超"联系上的吗？一开始是陈百祥老师在网上发声，引起了大家的关注，然后他们的团队通过抖音后台联系上了王永杰。经过王永杰和他们经纪团队的多次沟通，确认了这个事情的真实性和重大意义后，他立即将此事报告给了榕江县领导。县里动作也很快，马上就安排彭西西等人去和他们进行紧密对接，沟通效果非常好。

香港明星足球队受到热烈欢迎

经过前期大量的准备工作，香港明星足球队顺利在榕江举行了"村超"友谊赛。比赛举办得非常成功，在所有的传播点中，除了明星带来的各种话题，比赛的奖品（一只猪脚）成为整个赛事的流量黑马。

猪脚这个流量黑马的出现，是在开赛前两个小时，我突然想到这是个传播的好机会，猪脚对于"大湾区"的朋友来说，有发财的寓意；而且香港明星们第一次踢球收到的奖品是一只猪脚。形成很大的反差，也充满传播性。

于是，我立即去找了榕江县足球协会主席李明星，建议以猪脚作为奖品。李主席也很给力，在比赛快结束的最后一个小时就买到了猪脚。以李明星为代表的榕江县足球协会在赛事组织上做了大量卓有成效的工作。大量的赛事沟通和筹备工作有条不紊，还有一个关键部门功不可没——"村超"办公室，由高松担任负责人。作为赛事协调中枢，这个部门保证了赛事的高质量呈现。"村超"办公室协调赛事安排，承受了各方面的压力，但一直都在

香港明星足球队展示获赠礼品

高效工作，对赛事的顺利开展起到了巨大作用。

颁发奖品的时候，猪脚绑上红绑带，香港明星们争相举着猪脚合影，开心得不得了。在做传播的时候，线下针对性地策划安排，加上新媒体的快速传播，反差感、接地气和好寓意，瞬间带来了巨大的流量。

为什么这些香港明星队员会主动向"村超"靠拢？一是他们真心喜欢踢足球，二是他们特别想体验"村超"这种纯粹、氛围好、接地气的足球比赛。"村超"的氛围和乡村足球文化感染了大家，最终让香港明星队从民间队伍的比赛逐渐上升到了香港足球总会的深度参与，于是就有了"村超"的香港之行。通过足球，香港之行将贵州和香港两地的情谊变得更加深厚。

这种互动增强了香港与内地之间的感情。明星足球队被榕江老百姓的淳朴、真实和热情所感动，这也为榕江打开了一扇窗，让更多的人了解榕江，为未来经贸合作和文旅发展奠定了很好的基础。

香港足球总会主席霍启山在接受媒体采访时被问道，香港能从贵州"村超"火热"出圈"的事件中得到什么启发。霍启山提到香港需要向贵州"村超"学习新媒体的传播思维，把香港的方方面面更加鲜活地展现出来，吸引更多人到香港观光旅游。

得到霍启山先生的肯定，我们倍感荣幸。新媒体的力量在这个时代是不可忽视的，它有着强大的传播力、影响力和号召力。"村超"的成功，不仅仅是因为优秀的球员和独特的比赛方式，更是因为我们抓住了新媒体这个时代的脉搏，充分利用新媒体的各种平台，让更多的人了解、关注比赛，并参与其中。这种传播方式，不仅仅是一种手段，更是一种策略、一种思维方式。我们需要不断地学习、探索和创新，才能在这个新媒体时代中立于不败之地。

10.3　"村超"与英超的跨国合作
——足球玩转世界

🎤　**讲述人：欧阳章伟**

2023年9月2日，以"贵州'村超'相遇英超"为主题的"2023年服贸会·多彩之夜"活动在北京举行。在贵州省商务厅的大力支持下，活动探讨了贵州的服务贸易新机遇。英超与"村超"签署战略合作协议。当时这一新闻在足球圈引起轰动。

英超代表胡兆衡女士在活动现场表示，"村超"快乐足球的基因和英超拥有着一致的价值理念，接下来双方将在足球文化交流、宣传推广、人才培养、产业发展等方面携手共赢，助力中国足球发展。

英超是怎么"爱"上"村超"的，后来我们和胡兆衡女士接触后才知道事情的原委。英超其实在2023年7月23日就派出代表以普通游客的身份专门到"村超"现场体验。这一次经历让英超的代表彻底爱上了"村超"。他们觉得太不可思议了，完全不能想象足球在中国的小县城会有如此活力和如此巨大的影响力。

你可能会好奇，英超这么大的世界级赛事，为什么会主动走近"村超"呢？我认为主要有以下三点原因：一是英超看中了"村超"的可持续性；二是"村超"的比赛十分接地气，是一种全新的快乐足球赛事形式；三是"村超"与英超的起源精神气质相符，它们都源自社区足球，有着相似的生长基因。

欧阳章伟作为"村超"代表与英超签约

　　"村超"与英超的战略签约，让更多人看到了"村超"的国际影响力。签约后，双方开展了一系列务实高效的合作，如球员、教练员的培训交流，以及明星球员与"村超"的互动等。这次签约对"村超"来说意义重大，标志着"村超"走向国际，是"村超"国际化的起点。

　　"村超"与英超的跨国合作，不仅仅是一场足球赛事的交流，更是一次文化的碰撞与融合。英超作为世界足坛的顶级赛事，其国际化、商业化的运营模式以及先进的足球理念，无疑为"村超"提供了宝贵的学习机会。而"村超"作为源自中国乡村的足球赛事，其浓厚的乡土气息和独特的比赛风格，也为英超带来了新的视角和启发。

　　通过双方的合作，"村超"得以接触更多先进的足球资源，提升自身的品牌影响力。英超球员和教练员的参与，为"村超"球员提供了宝贵的学习机会，帮助他们提升竞技水平和战术理解能力。同时，英超的国际化平台

签约合影

也为"村超"提供了更广阔的发展空间，吸引了更多国内外球迷的关注和参与。

对于英超来说，与"村超"的合作也是一次开拓新局面的尝试。借助"村超"在中国乃至亚洲的未来影响力，英超得以进一步拓展其在亚洲的影响力。通过与"村超"合作，英超也能够更好地了解亚洲足球文化和发展趋势，为其在全球范围内的推广和发展提供有力支持。

"村超"与英超的合作也为中国和英国的文化交流搭建了桥梁。通过足球这一全球性语言，中英两国人民得以更加深入地了解彼此的文化和价值观，增进相互理解和友谊。这种文化交流不仅有助于推动两国之间的友好关系发展，也为世界文化的多样性贡献了中国力量。

10.4　"一带一路"国际友谊赛
——引入国际元素延展传播话题和内容

讲述人：欧阳章伟

2023年10月17日，榕江县作为贵州省唯一受邀参加第三届"一带一路"国际合作高峰论坛相关论坛的县市，在"一带一路"国际智库合作委员会全体大会上亮相。榕江县在会议期间对外宣布将在2024年开启"村超""一带一路"国际友谊赛，以足球为媒，做"一带一路"民间交往的先行者。

当时第一季全国美食足球友谊赛刚落下帷幕，我们对2024年的"玩法"和传播进行新的思考，如主动跟着国家战略走，引入国际元素，主打"国际范"。我们发起国际友谊赛，通过足球这一世界通用语言，将不同国家和民族的人们紧密联系在一起，共同体验运动的快乐，感受文化的魅力，来一场"村超"世界大联欢。

2024年2月26日，贵州"村超"迎来首次国际赛事，中法青年友谊交流赛在榕江打响。这场比赛是为庆祝中法建交60周年而举办的，贵州"村超"联队以5∶4的比分战胜了法国人民援助会队。

双方队员在比赛开始前进行了礼物互换，以此表达彼此之间的友好情谊。在比赛中，双方队员展现出了高超的球技和顽强的拼搏精神，为观众献上了一场精彩的视觉盛宴。同时，在赛事的中场休息间隙，还进行了民族文化展演，如侗戏、苗族芦笙舞等，法国青年球员也献唱了法语经典名曲《玫瑰人生》《香榭丽舍》。"我来一首中国侗族大歌，你来一首法国歌"的跨

"村超"宣传团队部分人员合影

国对歌经过新媒体传播扩散后迅速引发讨论热潮，不仅丰富了赛事的内容和传播话题，也为两国人民增进对相互了解和理解提供了独特的平台。

通过此次友谊赛，中国和法国的青年得以在运动中加深彼此的了解和认识，增进了两国人民的友谊。这种友谊不仅仅局限于球场上的竞技，更延伸到了文化、教育等多个领域。此次友谊赛推动了民间交往和旅游业的繁荣发展，增强了国际合作意识和全球视野。未来随着技术的不断进步和创新理念的不断涌现，"村超""一带一路"国际友谊赛有望发挥更大作用，为共建"一带一路"国家的民间交往做出更大贡献。

11

从面对质疑到高光时刻
——坚守与创新

11.1 被质疑"抄袭"
——做好自己，前行便可

🎤 讲述人：王永杰

从提出"村超"IP概念到具体策划，我们始终充满信心，但是也免不了出现一些质疑的声音。第一周比赛结束后，就有一些网友留言说道："'村超'不就是抄袭'村BA'嘛，人家搞篮球你们搞足球，人家淄博有烧烤可以火，难道你们靠牛瘪能火？"看到这些评论，我们没有进行回应。因为创新的事情永远都是在争议中走过来的，我们要有定力。

寨蒿镇队队员展示在小组赛中获得的两只猪脚

1985年榕江县少年足球队合影

我们内心深知做"村超"这一品牌的初心和目标，是要带动整个县域经济闯新路，而不是图热闹，做一条"爆火"视频，更不是赔本赚吆喝，是有策划思路和布局的赶超突围战略探索。

"村超"要做的是通过充分运用传播为榕江这座偏远的西南小城打造一个城市品牌，促进社会经济发展。蓝图绘就，唯一要做的就是按照既定目标前行，在前行中不断完善实施方案。

质疑是个好东西，但是不要被轻易带节奏。任何事情都不可能是完美的，鸡蛋里挑骨头的人最清楚鸡蛋里没有骨头。所以，我们要理性看待在创新事业当中的质疑声，不用反驳、不用回应，做好自己便好。事实就是最好的回答，把"村超"传播得越来越好，就是最好的回应。

天上不会掉馅饼，我们全靠把握时代脉搏，勇闯前行之路。"村超"火爆后，很多人提到一种言论，"村超"火爆是因为踢了80多年的足球了，

1995年榕江县足球队在"榕印杯"比赛中获得冠军

是自然而然就火了的。群众基础一定是个很重要的因素。"万丈高楼平地起",没有这样一个基础就没有"村超"。但是这样的思考和结论明显是片面的。

为什么榕江足球能"出圈"？核心是传播,是"创新、协调、绿色、开放、共享"的新发展理念的成功实践。榕江足球不等于"村超","村超"是榕江足球、民族文化、新媒体传播、啦啦队氛围与全国网友和球迷的双向奔赴,是全民努力奋斗、人才推动等因素的结合,是天时地利人和的一次全民创造的传播奇迹。"村超",不止是足球。

所以我们要以发展的眼光看问题,不可想当然。做一个独立思考的人,是我们这个时代难得的一种清醒。

11.2　被认可的创新
——层层剥开看透本质

🎤 **讲述人：王永杰**

　　随着"村超"的快速传播，越来越多的人突然意识到，这事儿原来没那么简单。从被质疑到被认可、被研究，很多地方政府、研究机构和学者专家在办赛期间不断来到榕江学习和调研。

　　这些调研团队提出的问题有"你们是怎么做的传播？""当时怎么想

球场外的美食

到策划这样的赛事？"等等。"村超"的火爆跟传播密不可分，传播是"村超"整个生态里面的重要抓手。"村超"持续火爆后，更多的业内人士知道"村超"是有持续清晰策划的"现象级"传播。

"村超"的传播可以说是厚积薄发，创新的基础是谦虚地学习以往的路子，学习长处，思考不足。

我在"村超"开赛之前就把近几年在网络上成功"出圈"的热点事件短视频看了个遍。针对传播内容的文案标题、剪辑技巧、议题设置等方面进行了逐条分析和拆解。通过传播内容，也可以反推热点事件的策划逻辑或者发生逻辑。

经过全盘梳理过后，我们认为这些案例虽然都很优秀，但是在可持续性和经济带动性以及上升价值高度方面都有欠缺。

我们要在这些优秀的案例之上去解决更深层次的问题。

可持续性方面，要有一套可长期运转的机制，比如说踢足球和打篮球，它有赛事机制在维持着这个活动的日常持续性，什么时候休赛、什么时候开

球场外的摊位

台湾岭南凤梨队的啦啦队员表演歌舞《高山青》

赛，活动节奏是长期性的。

在经济带动性方面，群众享受到活动红利是最直接的表现。比如"村超"足球场外因为游客的到来专门增加了几千个摊位给群众免费使用。从大处来说，人气的聚集、消费需求的增加必将拉动投资的信心和动力。以前榕江县到沿海城市招商，嘴巴说干了，政策也很有诚意，但是很多投资者还是会观望再三。"村超"赛事将榕江政通人和的形象和盘托出，网络流量吸引了700多万游客前来之时，"村超"品牌的经济价值、社会价值凸显。通过品牌的价值，现在很多优质企业、优质人才不断向榕江聚集。

从文旅层面来看，榕江没有按照以前发展文旅的传统思路，先把路修好、把景区建好，然后再开门迎客。以前，发展文旅产业想的是先投资做产品，有了产品才会有游客，这算是一种重资产的发展方式。很多景区建得很漂亮，最终发现没有游客来或者是没有达到预期的效果。这种案例比比皆是，过度重视产品而轻视了内容的建设和沉淀。

如今我们迎来了内容时代。以品牌思维发展文旅，以内容为要素吸引资源。现在的榕江文旅投资和建设正如火如荼，因为通过内容的打造知道我们需要什么样的文旅产品，通过内容的反推打造出更具备市场竞争力的产品。

　　"村超"的一个重要创新是将文化贯穿全过程。文化是最强大的力量，岁月可以流逝，生命可以终结，但是文化像空气一样存在于每个人身边，历久弥新。从五千多年的中华文明中汲取内容，让优秀传统文化更好地滋养人们的精神世界，创新传播方式，让文明正能量激发网络大流量。

12

"村超"的"超"经济

12.1 火了的"村超"周边
——从传播到品牌，卖爆区域产品

🎤 讲述人：欧阳章伟

"村超"的成功并非一蹴而就，它背后蕴含着无数人的努力与智慧。如果没有榕江县前面5次县域品牌打造活动失败的经历和积累的经验，"村超"也不会这么火爆。从选球场的那天开始，我们就明白，这不仅仅是一个体育比赛，更是一个经济发展的契机。我们致力于将"村超"打造成为一个赋能经济、塑造品牌的强大平台，让更多的人看到、了解并爱上贵州的各类农文旅产品。

在"村超"的推动下，许多品牌产品如雨后春笋般崭露头角。"超"级

榕江县"村寨代言人"线上推荐百香果

祖孙三人展示捉到的稻田鱼

品牌的出现，既是自然，也是必然。在这个过程中，贵州"村超"始终坚持以结果为导向，充分利用全网流量，将其转化为品牌力量，实现了线上线下的双丰收。

线上方面，贵州"村超"通过推出具有地方特色的产品，如"村超"杨梅汁、"村超"可乐、"村超"刺梨原液等，成功吸引了大量消费者的关注。这些产品不仅具有独特的风味，还融入了榕江的地方文化元素，让消费者在品尝美味的同时，也能感受到榕江的独特魅力。同时，贵州"村超"还积极与各大电商平台合作，拓宽销售渠道，进一步提升了品牌知名度和市场占有率。

线下方面，贵州"村超"在举办活动期间，吸引了数千个摊位的摊主前来经营，极大地拉动了当地的线下经济。这些摊位不仅为当地居民提供了就业机会，也为游客带来了丰富的购物体验。此外，贵州"村超"还积极通过品牌联名、赞助等方式与各大企业合作，得到德润达光电的金丰琦、粤黔传奇服饰的涂雪猛、"村超"物流园的李燃燃、闪光电子的邓慧林等企业家纷纷助力，进一步提升了"村超"品牌影响力和商业价值。

以"村超"杨梅汁为例，通过我们精心策划的线上线下营销活动，短短一个多月就售出了100多万瓶。

除了杨梅汁之外，还有许多其他产品也在"村超"平台上大放异彩。如南山婆的"村超"酸汤粉，通过组建贵州酸汤队，将产品植入"村超"，成功吸引了大量消费者的关注。还有"村超"可乐，也是典型的利用"村超"流量打造爆品的案例。在榕江农投公司副总刘敏涛的不懈努力下，引进了华诚生物开发"村超"可乐，为"村超"在产业发展方面持续发力。这些"超"级品牌通过与"村超"场景、内容的紧密结合，不仅提升了自身的知名度，也为贵州的农产品带来了更多的发展机遇。

这些都带动了榕江经济的发展。2023年，榕江县举办"村超"后，新增了2 700多家市场主体。相关企业的负责人对我说，如果不是"村超"，他们不会来到榕江，看不到流量效应，他们也不会来。举办"村超"后，奇瑞、

车江坝区的田园春景

百度、索尼、伊利、蒙牛、华诚生物、深圳闪光电子等知名企业都来了。以前，榕江这么个小县城，想请这些企业来，怎么请都请不来。值得一提的是，汇源集团董事长朱新礼多次亲自带队到榕江，助力"村超"事业发展，捐建工厂，注册实体公司，助力榕江乡村振兴事业，尽显民族企业家担当。榕江通过"村超"，走流量加持的路子，把"村超"这两个字打造成品牌，这两个字就值钱了，经济效益也慢慢上升了。

在"村超"期间，我公司在榕江的电商零售额达到了惊人的4 000多万元。这一成绩的取得离不开我们总结出的一套有效方法——结合"村超"场景和产品植入，孵化品牌。我们深知贵州的农产品品质优良，但缺乏大IP的推广。而"村超"这一品牌的出现，正是为贵州农产品带来了前所未有的机遇。

当然，我们也清楚贵州农产品在供应链方面还存在一定的不足。因此，我们将致力于打造自有品牌，完善供应链体系，通过精彩的内容讲述贵州好产品的故事。我们相信，在新媒体电商的核心——内容驱动下，"村超"这一新颖的内容输出方式将为贵州农产品带来新的红利赛道，成为后疫情时代的一条光明大道。

展望未来，我们将继续携手合作伙伴，共同推动"村超"品牌的发展壮大。我们将以更加开放的姿态拥抱市场变化，不断创新营销策略和手段，让贵州的农产品走出大山、走向世界。我们相信，在不久的将来，一个个充满活力和创造力的贵州农产品品牌即将崛起。

12.2 传播创造经济发展新引擎

🎤 讲述人：欧阳章伟

去年到榕江的人都有个共同体会，就是住宿难订。经过我们一系列的宣传攻势，让更多人了解到榕江，线上获得了700亿流量，这些流量变成了实地到访的游客。周末时，几万人涌入榕江成了常态，也带动了周边餐饮业的发展。我印象最深的是，凌晨三四点去吃饭，烧烤都卖光了，场面火爆。

以前榕江没发展新媒体产业，也没有"村超"赛事，城市形象没怎么传播出去。如今通过网络传播，让更多人了解到榕江的魅力。榕江作为一个欠发达地区，通过"村超"实现了很好的产业升级。外界为何对榕江感兴趣？因为我们把榕江的美好传播出去了。

我们把榕江的人文风情、淳朴民风、少数民族文化、快乐足球等特色传播到全国各地，引发大家的兴趣，纷纷前来游玩。如今榕江已从一个寂寂无闻的城市，变成了全国人民向往的旅游"打卡"地。传播在这个过程中发挥了关键作用，再好的东西，如果没有传播出去，也可能默默无闻。所以说，传播至关重要，让别人了解到榕江的魅力，就能吸引他们前来。这就是传播的力量，改变了地方的发展模式。

有的人不理解，比如"村超"火了后，为什么不能打广告。其实"村超"在塑造品牌的过程中，走了和国际足联世界杯不同的路，靠免费流量加持，通过优质内容输出，把"村超"这两个字曝光放大。

如果"村超"球场全是商业广告，那"超级星期六"的直播就可能全部

水族群众在平永镇果园采摘百香果

撤掉，跟一些职业商业赛事就没区别了。"村超"要打造"超"级品牌，然后通过这个品牌，加持各种流量，反哺产业和经济发展，再回馈老百姓。

"村超"走的是品牌数字化之路，靠手机，靠内容。我们没能力砸钱，只能靠免费流量加持。如果媒体里的广告全换成商业广告，那一定会散场的。所以要通过各种流量加持，把超级品牌打造出来。

随着贵州"村超"的不断发展，其已经成为榕江县乃至整个贵州省的一张亮丽名片。通过品牌数字化之路，贵州"村超"成功地将全网流量转化为品牌力量，推动了当地经济的快速增长。未来，贵州"村超"将继续坚持以结果为导向，不断创新运营模式和市场模式，为榕江县乃至整个贵州省的经济发展注入新的活力。

"村超"的持续火爆，离不开持续而坚定的传播策略。我们深入挖掘榕江的独特之处，通过多元化的传播渠道，让榕江的形象深入人心。榕江的自

身着民族服装的啦啦队进场

然风光、民族风情、"村超"赛事等特色，都成为吸引游客的亮点。而游客的到来，又进一步推动了榕江的发展，形成了良性循环。

榕江的成功，也让我们看到了传播的力量。一个地方的发展，不仅仅是靠资源，更重要的是靠正能量、真善美的传播。通过传播，我们可以让更多的人了解一个地方，从而吸引他们前来投资、旅游、生活。这就是传播的魅力所在，它可以改变一个地方的命运，让一个地方焕发出新的生机和活力。

未来，我们将继续加大传播力度，让更多的人了解榕江、爱上榕江。同时，我们也希望更多的欠发达地区也能通过传播来推动自身的发展。因为在这个信息爆炸的时代，传播已经成为推动地方发展的重要力量。只有善于运用传播的力量，才能让一个地方在激烈的竞争中脱颖而出，实现更加美好的未来。

13

思想无人区——球与求认知的突破

13.1 "村超"的传播创新
——一次传播领域的创新探索

🎙 讲述人：王永杰

在数字化、信息化的时代背景下，媒体形态与传播方式日新月异。贵州"村超"作为乡村足球赛事，其成功的背后，是传播领域的一次深刻创新与探索。这种创新不仅体现在对新媒体和传统媒体优势的充分认识与利用上，更在于如何将二者有机结合，实现优势互补，再造传播流程，以达到最佳的传播效果。

新媒体以其信息传播速度快、互动性强、覆盖面广等特点，在现代传播体系中占据了重要的地位。通过社交平台、网络直播等形式，新媒体能够迅速将信息传播给亿万网民，实现信息的即时共享与互动。然而，新媒体也存在着信息真实性难以保障、内容碎片化等劣势，有时甚至会导致信息的误传和误解。

相对而言，传统媒体在信息的深度挖掘、权威发布和公信力方面具有明显优势。报纸、电视等传统媒体通过长期的品牌认知和专业的新闻报道，积累了大量的忠实受众和公信力。但是，传统媒体在传播速度和互动性上往往不及新媒体，难以满足现代受众对信息即时性的需求。

贵州"村超"在传播策略上充分体现了对新媒体和传统媒体优势的深刻理解与运用。在赛事筹备和进行期间，贵州"村超"充分利用新媒体平台，如微博、微信公众号、短视频平台等，进行赛事的实时更新和精彩瞬间的分

享。这些新媒体内容形式多样，包括文字、图片、视频等，有效吸引了年轻受众的关注，并迅速扩大了赛事的影响力。

同时，我们也积极与传统媒体合作，通过报纸、电视的专题报道和深入访谈，为受众提供了更为全面、深入的赛事解读。传统媒体的专业报道不仅提升了赛事的权威性，也增强了受众对赛事的信任感。

"村超"在新媒体与传统媒体之间找到了一个平衡点，实现了二者的优势互补。新媒体的快速传播为传统媒体提供了更多的报道素材和角度，而传统媒体的深度报道又为新媒体提供了更为丰富和深入的内容支撑。这种互补关系使得贵州"村超"的传播更为立体和全面。

"村超"的成功不仅仅在于充分利用了新媒体和传统媒体的优势，更在于其对传播流程的再造和创新。传统传播模式中，新媒体和传统媒体往往各自为战，缺乏有效的整合和协同。而"村超"则打破了传统模式，通过再造传播流程，实现了新媒体与传统媒体的无缝对接。

具体来说，"村超"在传播过程中采取了先用新媒体"引爆"，传统媒体跟进的策略。首先通过新媒体平台快速引发公众关注，形成话题热度；然后传统媒体及时跟进，进行深度报道和价值提炼，进一步提升公众对赛事的关注度。这种传播流程的再造不仅提高了传播效率，也增强了传播效果。

"村超"还注重与受众的互动和反馈。通过新媒体平台的实时互动功能，及时收集受众的意见和建议，不断调整和优化传播策略。这种以受众为中心的传播理念也是其传播流程再造的重要体现。

"村超"的传播，核心就是"真"字，真实的、真诚的、真善美的正能量，才能永流传！

13.2 融合式创新
——跨领域跨学科融合发展

讲述人：王永杰

贵州"村超"不仅仅是一场精彩的赛事，更是一次融合式创新发展的积极探索。在这个偏远的乡村足球场上，一场场激烈的比赛不仅展示了足球的魅力，更体现了跨领域、跨学科交叉融合发展以及资源整合的巨大潜力。

传统的体育赛事往往局限于体育领域，而"村超"则打破了这一界限，将足球作为平台和媒介，巧妙地融入了民族文化、美食文化、乡土文化和非物质文化遗产。这种融合不仅丰富了赛事的文化内涵，也使得观众在欣赏比赛的同时，能够感受到浓郁的地方文化气息。

此外，"村超"还成功地将文旅产业、公共关系、体育产业和传媒行业等不同的学科进行了交叉发展。通过引入文旅产业的理念，"村超"不仅吸引了大量游客前来观赛，还推动了当地旅游业的发展。同时，借助公共关系和传媒行业的力量，贵州"村超"的品牌影响力得以迅速扩大，成为社会关注的焦点。

"村超"的成功还在于它将一个简单的足球赛事升级成为一场文化盛宴。在这里，观众不仅可以欣赏到精彩的足球比赛，还可以参与到各种丰富多彩的文化活动中。这些活动包括民族歌舞表演、手工艺品展示、美食品尝等，让观众在享受足球的同时，也能体验到贵州和全国各地独特的民族文化。

　　这种文化盛宴的打造，不仅提升了"村超"的品牌价值，还为当地的社会经济发展注入了新的活力。通过吸引游客和投资者，贵州"村超"为当地带来了显著的经济效益和社会效益。同时，这种文化盛宴也增强了当地居民的文化自信和归属感，促进了民族团结和社会和谐。

　　我们应该打破传统界限，勇于进行跨领域、跨学科的资源整合。通过引入不同领域的资源和理念，我们可以创造出更加丰富多彩的文化产品和服务，满足人民群众多样化的精神文化需求。

　　同时要特别注重品牌建设和营销推广。通过借助公共关系和传媒行业的力量，我们可以提升品牌的知名度和美誉度，吸引更多的观众和投资者。并注重与当地居民的沟通与互动，增强他们的归属感和参与感。将文化产业发展与地区经济发展相结合，通过推动文旅产业、体育产业等多元化产业的发展，为地区经济注入新的活力，促进居民就业和增收。

　　我们相信融合式创新发展将继续在文化产业中发挥重要作用。随着技术的不断进步和创新理念的不断涌现，我们将看到更多像贵州"村超"这样的成功案例出现。同时，我们也期待更多的地区和领域能够全面真实客观地了解到贵州"村超"的经验和做法，结合自身特色和优势进行创新发展，从而推动文化产业和地区经济的持续繁荣发展。

13.3 打造传播生态
——不以热点为目的，一心只为立品牌

讲述人：王永杰

在数字化、网络化的时代背景下，新媒体传播以其高效、广泛、互动的特性，正逐渐成为城市品牌塑造与社会经济发展的重要推动力和生产力。如何有效地进行传播，树立独特的城市品牌，进而吸引优质资源入局，成为城市发展的重要课题。"村超"正是在这样的背景下应运而生，它不仅仅是一场体育赛事，更是通过构建一种全新的传播生态，通过传播树立城市品牌，利用品牌的虹吸效应，汇聚优质企业、资金和人才，推动社会经济的发展。

我们对自身的品牌定位非常明确，从一开始策划"村超"就明确要打造一个以乡村足球为特色的体育文化品牌。明确的品牌定位，使得"村超"在新媒体传播过程中能够准确地把握目标受众，并针对性地制定相应的传播策略。

"村超"传播不以打造网络热点为目的，而是注重赛事本身融合发展的质量、内涵和高度。通过精心策划和组织，赛事融入了丰富的民族文化、乡土文化、城市管理理念、人民淳朴感情等内容，使其成为展示城市形象和文化底蕴的重要窗口。这种以质取胜、创新融合的策略，让贵州"村超"赛事在传播案例中脱颖而出，成功树立了独特的城市品牌。

城市品牌的树立，为"村超"赛事带来了广泛的关注和认可。这种品牌效应如同虹吸现象一般，吸引了众多优质企业、资金和人才的汇聚。企业看

到了在这里投资置业的巨大潜力，资金找到了理想的投资方向，人才则看到了实现自身价值的广阔舞台。这种资源的集聚效应，为贵州的社会经济发展注入了强大的动力。

通过传播成功打造城市品牌后，其社会经济效益也逐渐显现出来。最为明显的是旅游业的发展，通过内容的不断传播，全国网友纷至沓来，榕江吸引了大量游客前来观赛和旅游。这些游客在享受足球赛事的同时，也会游览当地的自然景观和民族文化景点，从而带动了旅游业的快速发展。旅游业的繁荣不仅增加了当地的经济收入，还为当地居民提供了更多的就业机会。

通过品牌赋能，利用在线直播、电商平台等销售渠道，榕江农产品、手工艺品、"村超"文创等特色产品走向了全国市场。这些产品的销售不仅增加了农民的收入，还提高了当地特色产品的知名度和美誉度，进而促进了特

"村超"文创体验店

色产品的销售。

随着游客数量的增加和特色产品的销售热潮，贵州"村超"周边的餐饮、住宿、娱乐等服务业也得到了快速发展。这些服务业的提升不仅为游客提供了更加便捷舒适的服务体验，还为当地居民创造了更多的就业机会和收入来源。

从碎片化的传播到成为现象到价值提炼再到品牌形成，构建传播生态的打法让我们看到一种全新的城市IP打造模式正在形成。它不再依赖传统的资源消耗型增长方式，而是通过传播手段整合比较优势打造城市品牌，形成新的经济增长驱动力。吸引优质资源的集聚，实现经济的高质量发展。

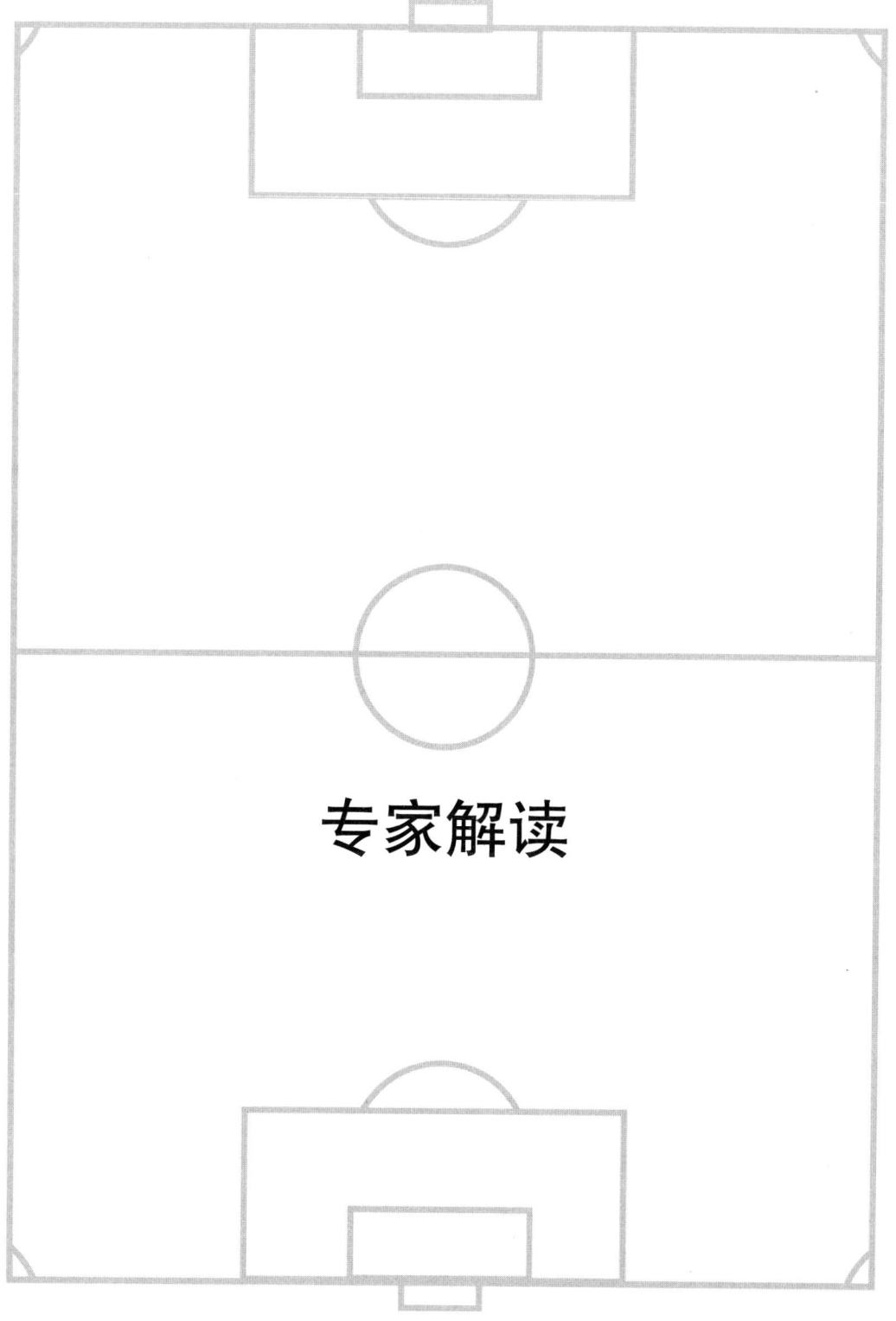

专家解读

"村超"最大的价值是什么？

王志纲

智纲智库创始人

几天前收到欧阳寄来的这本书，翻读后颇为感慨。"村超"的横空出世，其影响力和轰动效应自不必多言，"前文之述备矣"。因此我今天想从一个更特别的角度来谈谈我对"村超"的思考。

三十年前，我受邀前往湘西，到访烟雨迷蒙的凤凰古镇，在沈从文墓前，我看到他的侄子黄永玉所题写的墓志铭："一个士兵要不战死沙场，便是回到故乡。"这句话给我的触动极深。

对于我们这一辈人而言，背井离乡就像是逃不开的宿命。改革开放强烈地冲击了中国的社会结构，人口开始在全国范围内自由流动，在沿海地区的强大虹吸效应下，千千万万的中西部农民工南下"淘金"，尤其是贵州这样经济相对弱势的内地省份，大量的青壮年劳动力源源不断地流向沿海市场经济的"前线"，支撑起出口经济的大旗。无数优秀人才纷纷流向外地，开枝散叶，生根发芽，贵州之于他们，更像是一个逐渐褪色的黑白剪影。

这些在外的贵州人中，我还算勇敢，不掩饰自己贵州人的身份。很多人提起贵州就顾左右而言他，以至于我见到一些稍微闯出点样子的贵州人，要不说自己不是贵州人，要不说自己虽然出生在贵州，但父母不是贵州人，以此"脱离黔籍"，这种现象非常普遍。

　　贵州本土人才的"空心化"，贵州在外人才的"去贵州化"，说到底还是因为贵州的发展相对滞后，人才的流失又进一步加剧了贵州的发展之困，两者互为因果，相互纠缠。作为在外的贵州人，多年来我也一直以自己的方式推动贵州的发展。直到今天，我欣喜地看到，新的趋势开始出现，一方面，在外的贵州人开始生发强烈的自豪感，这可能和贵州的整体崛起有关，贵州在更广泛的文化、社会价值层面上被重新发现；另一方面，以本书作者欧阳章伟和王永杰两位小伙子为代表，大量的人才纷纷回流，他们或是在外读书，学成归来，或是在外工作，积累了新思路、新知识、新办法，在故乡开辟新的事业。当然，"村超"的成功除了贵州人才的回流，也离不开外地人才的助力，榕江的县长徐勃就是从外地调入贵州的优秀人才，和他交流的过程中，我能够清晰感受到他为百姓干实事的真心。

　　"村超"的主角从始至终都是群众，但如何让基层的力量得以最充分发挥，如何打造服务型政府，怎样找到流量的全新"玩法"，都离不开人才的投入。

　　从成批的农民工远赴沿海打工，到现在各类人才回到故土。"村超"的故事极其典型，本土人才的回归和外来人才的加入，合力激活了"深藏民间的高手"，终于把千年民族村寨搅动起来，搅得惊天动地。但在我看来，"村超"成功的价值不仅在于点的爆发，更是给贵州蹚出一条新路来。无数有志向的年轻人，当年改命走四方，今朝创业回家乡，从"背井离乡"到"离土不离乡"，属于贵州的时代正在到来，这或许是"村超"最大的价值之所在吧！

2024年6月

贵州"村超"：史诗级现象，史诗级传播

龙建刚

知名学者、新闻评论家

几乎没有人想到贵州榕江以这样的方式爆发，而且抓住了世界的目光。

2023年的中国天气炎热，最热的地方在贵州榕江，被称为"村超"的榕江乡村足球联赛人气超高、火爆全网。央视名嘴韩乔生到现场解说，英格兰世界级球星欧文也录视频点赞。中国外交部副部长华春莹更是称赞："村超"是伟大的比赛！

我一直关注榕江"村超"的盛况，看到绿茵场上那些为足球而奔跑的健儿、看到球场边上那些为足球而欣喜若狂的农民、看到韩乔生爬上梯子激昂解说的场面，我一次又一次被家乡感动。这是人民的快乐，这是真正的体育。榕江"村超"的全网浏览量已经超过700亿次，这样的足球热浪，在中国历史上从未有过。

我去上海出差时，一位曾经在贵州黔东南工作多年的上海老人对我说：第二故乡的"村超"让他热血沸腾、泪流满面，像榕江这样踢球，中国足球就大有希望。前不久我去日本访问，早上六点起来去大阪公园锻炼，一个日本老人看见我穿贵州"村超"的T恤，使劲向我伸出大拇指。老人不会英文，我也听不懂日语。一位晨跑的年轻人给我翻译：老人说贵州"村超"非常了不起，他一直在关注。在老人看来，贵州"村超"的价值

比中国国家队打入世界杯决赛还要大。我说我就是贵州人，老人给我一个热烈的拥抱：向贵州人致敬！

我也是一个球迷，屡战屡败的中国足球让我一次又一次欲哭无泪。1999年10月29日，中国足球队不敌韩国，失去参加悉尼奥运会资格的当天晚上，我给《足球》报写了一篇短文。我说：土教练不行，我们请洋教练；请德国人不行，我们请英国人；中国孩子的足球意识不行，我们把他们送到巴西训练；客场不行，我们还有主场。"中医""西医"，甚至"江湖郎中"都看过了，可中国足球依然瞠乎其后，是不是20世纪的中国足球注定有一个尴尬的尾声？

2010年南非世界杯上，加纳足球队一路狂奔，历史性杀入8强。我很好奇：一个贫穷的非洲小国为何能够取得骄人的战绩，成为让人尊敬的强大对手？2017年10月，看到冰岛足球队第一次晋级世界杯决赛，我很纳闷：一个冰天雪地、人口只有32万的北欧岛国，足球为什么可以踢出这样的水平？后来，我有机会行走这两个国家，所见所闻，让我肃然起敬：在加纳，坑坑洼洼的沙地上，到处是光脚踢球的孩子，没有什么客观条件可以阻挡他们对足球的热爱。在自然环境恶劣的冰岛，我发现有很多室内足球馆，设备很好，还提供地暖，全年都可以踢球。无论是非洲的加纳，还是北欧的冰岛，足球都是一种娱乐、一种生活方式。我一直期待：中国什么时候才能有这样根植于民间的快乐足球？

万万没想到，家乡贵州的榕江站了出来，上演了精彩绝伦、光芒万丈的"村超"。这是足球的狂欢，这是人民的节日。

抗战时期，广西大学迁入榕江，助力了榕江足球的发展，足球运动深受榕江老百姓喜爱。80多年过去了，榕江人民一直深深热爱这项运动，而且以举世瞩目的"村超"让大家想起了广西大学。所以我希望广西大学足球队能和卖鱼卖猪肉、开挖掘机打零工的"村超"球员们一起享受足球的快乐。这是最好的纪念，也是最好的出发。

"村超"的火爆"出圈"，高原贵州又一次万众瞩目。新华社发表文章追问《为什么是贵州》，我想这样回答：高山流水，空谷幽兰。在没有被污染的地方，我们可以看到干净和纯粹。这是生命本该有的状态和模样。生活不止苟且，要敢于活出动静来。动静贵州，有不同寻常的奋进和精彩；中国足球要好看，贵州榕江当教练。

贵州"村超"既是史诗级现象，也是史诗级传播。

2024年5月31日，国家权威机构公布2023年度中国对外传播十大优秀案例，贵州"村超""村BA"荣获第一名。这是贵州史上前所未有的创举，更是贵州一笔弥足珍贵的文化资产。总结和盘点传播经验，就是对贵州"村超"最好的顶礼和致敬。

《"村超"密码》是一本好书，它真实生动、娓娓道来，代入感和可读性很强，是一本可以一口气读完的佳作。本书作者欧阳章伟和王永杰，我到榕江曾与他们深度交流过，为两位主动有为的年轻人点赞。在书中，他们通过亲历者的视角，揭秘了"村超"背后的诸多故事，也总结出了很多可供学习的品牌打造方法论。开卷有益，《"村超"密码》既有妙趣横生的细节和故事，更有通俗易懂的经验和启示。我郑重推荐这本书。

2024年6月

从"村超"现象看新媒体在乡村振兴中的
独特作用

李　玮

北京大学新媒体研究院副院长

当我们站在时代的十字路口，回望那些温暖而有力的记忆，会发现乡土文化如涓涓细流始终浸润心间。而《"村超"密码》这本书，正是对乡土文化在新媒体时代焕发出新生的一次深刻记录和探索。

去年8月，我到榕江县调研"村超"现象，同王永杰和欧阳章伟两位作者进行了深入交流，对"村超"有了更加全面的了解，"村超"不仅是一次成功的传播实践，更是一种文化的传承与创新。它借助新媒体的力量，让乡村的魅力跨越时空的限制，触动了无数人的心灵。

在榕江调研期间，我见证了新媒体如何与乡村文化完美结合。"村超"的每一个细节、每一个短视频都充满了乡土的真情、热情与激情，它们让我们重新认识乡村、理解乡村、爱上乡村。身处数字时代的浪潮中，新媒体以其独特的魅力和无限的可能性，正逐步改变着我们的生活方式和文化景观。"村超"便是这一时代背景下的一个缩影。

在"村超"的策划和传播过程中，我们看到了新媒体如何助力乡村的振兴与发展。随着互联网终端的普及和农村网络基础设施的提升，传统的乡村发展模式正在经历一场深刻的变革。新媒体以其独特的信息传播优势和互动性，为乡村振兴提供了新的动力和机遇。通过全民参与、万众接力、不断扩散裂变的超强传播效应，新媒体让"村超"从一个小众的乡村体育活动变成了全民关注的热点话题，让贵州榕江从偏远的山区走向世界。更重要的是，通过新媒体传播打造的"村超"这一城市品牌为榕江社会经济带来了新的活力和发展机会。随着"村超"知名度的不断提升，越来越多的商业机构开始关注并投资这一领域。他们通过与"村超"合作，开展项目投资、产品开发、品牌推广等活动，实现了双赢的局面。

除了直接的经济效益外，"村超"还提升了乡村的文化软实力。在"村超"的赛场上，我们不仅看到了激烈的竞技对抗，还领略了贵州丰富的文化底蕴和独特的民族风情。"村超"通过新媒体手段对乡村文化进行了创新和再创造，使其更加符合现代人的审美和需求，让更多人了解和认同乡村文化，为乡村发展注入了新的活力，从而增强了乡村的吸引力和竞争力。

"村超"的成功绝非偶然，它是政府有为和全民参与共同推动的结果，展现了一种全新的乡村发展模式。榕江县以高瞻远瞩的战略眼光，看到了乡村体育对于地区发展的潜在价值。他们为"村超"创造了一个宽松的发展环境。政府在此过程中扮演的角色，更多是引导者、服务者和支持者，而非主导者。这种"放手"的策略，让"村超"得以保持其纯粹性和接地气的特点，从而吸引了大量村民的积极参与。

与此同时，通过发动全民参与为"村超"发展提供了源源不断的内生动力。在"村超"的赛场上，我们看不到年龄、职业、身份的界限，只有对足球的热爱和对竞技体育的执着。这种全民参与的氛围，不仅让比赛充满了激情和活力，更在无形中拉近了人与人之间的距离，增强了乡村的凝聚力。

乡村振兴、经济发展是当前社会关注的热点话题。乡村振兴不仅要关注经济建设，更要注重文化传承和生态保护。新媒体可以成为乡村振兴的有力推手，通过传播乡村的特色文化和推广优质产品，帮助乡村走向市场，实现经济价值的最大化。在《"村超"密码》一书中，我们将充分领略两位作者的创新探索和勇于实践的精神。这是一本值得每一个关心乡村、热爱文化的人深入阅读的书，也生动阐释了一个新媒体传播的成功范例。愿《"村超"密码》能够成为连接乡村与城市、传统与现代的桥梁，让我们共同见证乡村文化的繁荣与发展。

2024年6月

创造奇迹的"村超"

杨宇军

国防部新闻局原局长、新闻发言人，中国传媒大学媒介
与公共事务研究院院长

2023年初，我参加一场研讨活动，会间休息时，一位青年人对我说："您的专业是研究传播，我的专业是研究足球。这些年中国足球的舆论环境太不好了，批评的、谩骂的声音不绝于耳，其中还夹杂着许多无中生有的造谣诽谤。您认为如何能让中国足球赢得一个好名声呢？"我还没有来得及回答，同来的一位中年人调侃地对他说："老弟啊，这个问题你别问了。不敢说在你的有生之年，至少在你退休之前怕是看不到了。"大家一笑了之。我那时想，中国足球恐怕难有好名声了，除非发生奇迹。

然而，奇迹很快就发生了。一个不为人知的西南小城突然享誉全国，一些从没看过中超、英超的公众竟然爱上了足球，一批大人物包括外交部发言人、国际足坛巨星纷纷给乡村足球点赞。"村超"突然接到了"泼天富贵"，成为中国足球的扛鼎之作。

"村超"的传播奇迹，归功于好话题。足球在抗战时期由广西大学带入榕江，此后不断推广。20世纪90年代，榕江各种足球赛举办得如火如荼。"村超"的比赛真实纯粹，看不到赛场霸凌，更没有假球黑哨。我所知道的唯一一次摩擦发生在香港明星联队与"村超"队的友谊比赛时，赛后香港明星队员公开道歉，"村超"队员大度原谅，很好地诠释了体育精神。

"村超"的传播奇迹，归功于接地气。参加比赛的运动员、教练员、裁判员都是出身凡俗，没有大腕、不讲排场，更加质朴率真。赛前啦啦队的巡游、中场的非物质文化遗产表演、赛后独具特色的颁奖仪式，都是发源于草根，贯穿着丰富多彩的民族文化，无不令人叹为观止。

"村超"的传播奇迹，归功于好策划。"村超"IP的操盘手经过五次不成功的尝试探索，才找到了这块金字招牌；跑遍了全县的体育场，才选择了这个"网红打卡地"；利用两年半培养出万名"乡村推荐官"，才保障了同一天内可以生产和发布上千条优质视频；绞尽脑汁发明各种"玩法"，结合线上线下优势，放大"村超"的吸引力；推广地方特色产品，吸引知名企业，拉动当地经济，为"村超"的长远发展夯实基础。

"村超"的传播奇迹，归功于大格局。"村超"的传播者们打造了独特的榕江模式和"村超"IP，但是他们并不准备把"村超"注册成一个独有的品牌。相反，对到榕江取经的来自全国各地的团队，他们都是倾囊相授，毫不保留。也许有一天，各地会涌现出更多的"村超""乡超""校超""区超"，那时才是真正见证奇迹的时刻。我想这也是欧阳章伟和王永杰两位作者揭示并公布"村超"密码的初衷。

2024年5月

透过"村超"现象一窥文旅发展新势力

吴必虎

北京大学城市与环境学院旅游研究与规划中心主任

在移动互联网基础上出现的自媒体社交，已悄然改变了这个世界许多方面。任何一个持有手机终端的普通人，都有可能成为"一段视频天下知"的第一现场的"名记"，成为一位流量霸主"大网红"；长期默默无闻、鲜有访客的"落魄"小城，有可能一夜之间名满天下，而长期傲视天下、"自以为是"的旅游名都，也有可能在某个早上恶评如潮。随着移动终端的普及率越来越高，移动通信传输设施越来越好与传送速度越来越快，全网关注事件的更迭频次也就越来越高，简直叫人目不暇接。即使在无人"催更"的情况下，关于一个地方或某项活动的追捧，热点事件对一个地方的知名度和美誉度的冲击和影响，其背后存在的多种复杂机制和干预模式，俨然已经成为一个值得关注的研究领域。地处贵州"偏远"群山之中的榕江"村超"，一年之内迅速火爆，成为举世皆知的"名作"，就是其中一个典型的案例。由深度参与"村超"活动组织与品牌打造全过程的两位作者欧阳章伟和王永杰向读者条分缕析、娓娓道来这个故事的来龙去脉，对类似传播事件有兴趣的专业人士和普通读者来说，我相信大家都会受到启发、获得好奇心的满足。

顾名思义，"村超"就是乡村足球比赛。但它的组织形式、呈现方式、传播能力和联动效应，却又远非一项民间体育活动那么简单。从一开始它就不是一个旅游吸引物，也不是一个全社会的狂欢，也没有定位于带动当地农产品销售的展销会，更没有足够预算来支撑邀请全国乃至国际媒体的采访报道。但它却最终达成了上述各种目标。为什么"村超"会完成如此辉煌的绩效？哪些因素促成多目标的实现？它给当地社区带来哪些方面的裨益？又给远道而来的访客带来哪些特殊的情绪消费和参与体验？它能不能持续发展保持常盛不衰？要回答这些问题，其中一个办法就是把这本书安静地读完。

作为本书出版之前就有幸读到全文的读者，从理论角度观察，我至少想到了如下几个方面，用来观察和分析"村超"现象，这些概念并不能全面解答上述的各方面问题，但至少可以提供几个分析的方向，或者提供一些可资引用的分析工具。

其一，任何对潜在参与者保持吸引力的内容，都会有其独特的地方性，并对来访者呈现强烈地方感。榕江县域生活着的众多少数民族，苗族、侗族、水族等的建筑和风俗，球场的啦啦队、奖品的颁发、中场的表演等都给现场观众和进行视频转播、短视频剪接播放的各类媒体，提供了独特的内容，从而构成了巨大的流量。

其二，区域旅游发展的外部性。传统的旅游发展基本上依赖于自然和文化资源，局限性很大。但是移动互联网和自媒体矩阵让区域旅游充满了外部性，许多引起社会广泛关注的内容起初与旅游吸引力和目的地选择毫不相关，但引发广泛舆情后当地的旅游发展却深受其左右，既有积极、正面效应，如淄博和哈尔滨，也有负面、"躺枪"效应，如"提灯定损"和海鲜"鬼秤"带给上饶和连云港的"噩梦"。旅游外部性的形成及其影响，需要学界、业界和政界共同的重视。

其三，人民节日人民办，也就是学术界所谓的公众参与。"村超"形成气候，固然与政府领导和操盘手的积极主动密切相关，也就是说政府在组织公共资源配合节事成功方面功不可没，但是当地持续多年民间广泛参与的足球活动却是最基础的条件。在决定举办利用移动互联网传播力形成品牌活动之后，当地各乡镇村寨的积极参加，以及来自全国各地的观赛者和旅游者的踊跃参与，也是具有决定意义的因素。

正如两位作者在全书后记中所分析的那样，"村超"现象能不能持续发展，取决于六个方面的因素。唯其所涉者众，更需我们持之以恒，悉心培育，着力扶持，及时响应，以臻完美。而呈现在广大读者面前的这本小册子，就是一次必要的及时总结和复盘，目的就是让这枝开放在黔东南苗族侗族自治州的山野里的红杜鹃，能够馥郁而旺盛地生长、绽放。

2024年5月

创意时代的智慧绽放
——榕江"村超"印象

余清楚

人民日报高级记者、人民网原总编辑

一说到贵州，脑海里就会跳出"天无三日晴，地无三尺平"这句话来。贵州的夏天，多雨，气候凉爽，往往白天不下雨晚上才下，这方便了贵州人的劳作和休息。今年5月25日，星期六，我来到了贵州省榕江县。心中装有几个疑问，想到榕江县求解。如何把一个普通的星期六，打造成一个"超级星期六"？如何把一个乡村普通的足球场，打造成一个国内外游客向往的超级"网红打卡地"？如何把一个普通的乡村足球比赛，打造成一个全民瞩目的"现象级""村超"赛事？百闻不如一见。

晚饭后，来到榕江县城边上的"村超"足球场。老天赏脸，不曾下雨，夜幕降临，凉风习习。街道两旁，摆满了各种摊位（县里朋友说，摊位不收费，为了惠及大多数民众，大家抽签轮流摆摊），卖西瓜（县里朋友说这里的西瓜全省有名）的、卖"村超"文化衫的、卖当地特色小吃的，叫卖声、欢笑声在榕江县城的夜空中回荡。因为夜晚有两场比赛，中间安排了许多娱乐、互动环节。全国各地慕名而来的数万名游客、球迷涌入场地。据了解，榕江县地处偏远，农民却有踢足球的喜好和传统。"村超"虽是村民参赛，但球员态度认真，奋勇争先，不甘示弱。赛场不封闭、看球不买票，赛场上球员有来自乡村的农民、厨师、老师、学生、司机等。观众席人山人海，旗帜飘扬，人声鼎沸。场内球员捉刘厮杀，场边苗族、侗族等群众热情奔放，载歌载舞，所展示的少数民族服饰，琳琅满目，多姿多彩，闪闪发光。中场休息时的万人"K歌"，比赛结束时的万人蹦迪，全场狂欢，场面火爆。如此纯粹的体育精神与运动热情，怎能不叫人流连忘返。连巴西球星卡卡都高度赞赏独特的"村超"文化。我在想，如果中超比赛场地人气有这么旺盛，现场气氛有这么喧嚣热闹，中国队怎么还会被亚洲三流球队击败，怎么还会为冲出亚洲苦苦挣扎？榕江"村超"，全民参与，快乐足球，真正的家家乐、村村乐、全县乐，何乐而不为？

走出赛场，场外热闹依旧。这是典型的、属于榕江老百姓的嘉年华。我与一位年逾古稀的苗族老乡攀谈起来。他生活的村子离县城有上百里路，从未到过县城，因为有了"村超"，被家里的晚辈"半强逼半自愿"拉来的。他说，他一辈子都没有看过这样热闹的场面，来了还想来。在球场外的小街上，我迎面碰到了一位党相村球员的一家，两个小孩抱着两只大公鸡，这是刚刚获得比赛胜利的奖品。"村超"的奖励别具特色，冠军的奖品是小黄牛，亚军的奖品是黑毛猪，第三名、第四名的奖品是羊和鹅，单场优胜的奖品是小香鸡。奖品是农产品，多有意思。其实，有些快乐，用金钱是买不来的。以至于全国许多"网红"为了直播"村超"，干脆就在县城买房，从"游击队"变成了"常住户"。

我和县长徐勃都是江西老表，他乡相遇，分外亲切。徐勃清华大学法学院硕士毕业后，一直在农村基层工作。到深圳工作后，于2021年9月根据东西部协作干部交流需要，被选派到贵州省榕江县任职县长。他心系榕江，扎根榕江，已把榕江当家乡，连两个小孩都从深圳转到榕江来上学了。我问他，为什么想到做"村超"？为何把"村超"做成了一个万众瞩目的"现象级"文化产品？他说，我们在贯彻落实习近平总书记对贵州提出的"四新"重要指示过程中，一直在思考、在探索，如何在贫困山区县找到乡村文化振兴的新路子，希望利用数字新媒体赋能乡村新经济，吸引更多要素资源推动榕江发展。榕江虽地处偏远，但有80多年的足球历史，群众基础广泛。于是，我们以足球为载体，用流量思维，迎上短视频风口，以"村超"形式树立乡村振兴县域文化品牌，果然一炮而红，扬名天下，也为榕江人民群众丰富文化生活提供了一个全新的、鲜活的娱乐平台。

做概念容易，实操起来不容易。人们不禁要问，榕江"村超"是如何在短短的一年时间里"大鹏一日同风起"的？榕江县两位想干事、爱折腾的青年才俊给出了答案。贵州"村超"传播总策划欧阳章伟和贵州"村超"传播负责人王永杰从策划到文案，从实施到传播，自始至终参与了全过程。经过多次探索和磨合，奇迹诞生了，"村超"终于"出圈"，榕江终于出彩。国家主席习近平在二〇二四年新年贺词中点赞"村超"活力四射。这是对"村超"的充分肯定，是对榕江人民的极大鼓舞。

颇有意思的是，笔者每次与贵州省委宣传部领导见面交流，其中一个话题就是"村超"，明确提出对"村超"要"组织好、爱护好、宣传好"。有关"村超"的许多资讯就是在这些领导的朋友圈里看到的。我们欣喜地看到，"村超"还进入2023年度乡村振兴十大新闻、2023年度中国"十大流行语"之列，并入选2023年中国公共关系优秀案例、2023年抖音热点十大旅行目的地和2023年抖音热点大事件。

阅尽人间春色，风景这边独好。乡村生活依旧，"村超"续写辉煌。相信"村超"会越办越精彩，榕江人民的生活会越来越美好。《"村超"密码》诉说"村超"故事，传递"村超"秘诀，是件大好事。故事里有感人的情节，有成功的喜悦，有创业的艰辛，娓娓道来，令人感同身受，可以让更多热爱"村超"赛事、关注乡村振兴的读者朋友从中受到启迪，受到鼓舞，不亦乐乎！

幸甚至哉，是以为序。

2024年5月

看见真善美的力量

范　红

清华大学国家形象传播研究中心主任

轻轻翻开这本书，仿佛开启了一段奇妙而充满魅力的旅程，宛如踏上了一段振奋人心的征程。这是一本鼓舞人心的书，它不仅讲述了足球与乡村文化的故事，更是一部关于勇气与创新、拼搏与奋斗的传奇。在这个故事里，我看见了文化的独特魅力，看见了传播的强大力量，看见了参与者的激情飞扬，更看见了中国乡村的真善美。

"村超"深深植根于乡村土壤，它不仅仅是一场激情澎湃的足球盛宴，更是中华璀璨民族文化的生动展示和交流。凭借"村超"，贵州乡村文化和民族文化得以广泛传播，收获了高度的认可与赞同，极大程度地增强了乡村文化软实力，并激发了乡村经济的蓬勃活力。同时，"村超"还用心营造出积极踊跃、昂扬向上且团结紧密、互动良好的乡村文旅休闲文化氛围，成为乡村振兴与文化传承的经典范例。这本书不仅记录了这一切，还为未来的乡村发展提供了宝贵的启示，让读者在阅读中感受到乡村振兴的无限可能。

在书中，我们看到榕江县领导面对挑战，展现出坚定的使命感和勇于突破的时代精神。他们极具创新精神与勇气胆识，组织起这样一场极具魅力与活力的群众活动，并运用抖音等新媒体平台来加速传播，从而为榕江创造了令人惊叹的经济价值，更为榕江人民带来了前所未有的自豪感与幸福感。榕江的徐勃县长，作为清华校友，不惧困难，勇于创新，展现了非凡的领导力和智慧，在这里我要为徐勃县长点赞！通过举办"村超"赛事，榕江县如磁石般吸引了大量游客纷至沓来，为乡村地区带来了显著的经济效益。凭借着超高的网络人气，榕江县更是吸引了大量游客满怀热情地前来"打卡"，进而实现旅游综合收入飞速增加。书中的那些令人惊奇的数据无不彰显着"村超"那无与伦比的强大吸引力。流量成功地转化为"留量"，传播力巧妙地转化为实际的经济效益，有力地推动了经济的蓬勃发展，为乡村发展缔造了全新的经济增长点。

更为重要的是，"村超"的成功极大地增强了村民的归属感和自豪感，显著增强了他们的参与意识和合作精神。"村超"赛事由村民自发踊跃组织，参赛者也以村民为主，这种极具草根性的活动形式让人深深感受到那无比真实的热情与全身心的投入。这对于推动乡村社会的和谐稳定，促进民族团结起到了至关重要的作用。通过共同参与"村超"活动，不同民族、不同村落之间的人们相互了解，极大地增进了友谊，为乡村社会的多元共融奠定了坚实基础。"村超"让我们看到了体育比赛的另一面，它绝非只是竞技和对抗，书中许多故事更让我们看到了榕江人民的真善美和温暖热情。榕江各族儿女同为一座城，共为一件事，齐心努力地展现出向上精神，让人感到无比温暖的同时也深受鼓舞！

"村超"的成功是一个历经艰辛、不断追求卓越的创业故事。在书中，特别令我敬佩和感动的还有两位年轻人，他们展现了乡村青年人那澎湃的创新创业勇气和激昂的精神，在"村超"IP的精心策划以及广泛传播方面体现得尤为显著。欧阳章伟和王永杰这两位朝气蓬勃的年轻人，心中怀揣着"小县城也能搞出大动静"的宏大梦想，在榕江奋力掀起了一股利用新媒体全力打造乡村品牌、助力乡村经济蓬勃发展的全新风尚，并紧跟短视频新媒体传播的时代浪潮，为了心中的梦想不懈奋斗。创新创业之路向来艰难，然而在他们身上，我真切地看到新一代青年敢于挑战自我、勇于无畏探索的可贵精神。他们与年轻的团队一起，完全不拘泥于旧有的形式，打破了传统足球比赛的固有框架，通过大胆融合创新"足球+民族文化+民族美食+淳朴民风+政通人和"的独特模式，将现代足球与民族文化巧妙结合，进行了全新的尝试，从而让"村超"华丽变身为一场足球嘉年华。通过运用创新的传播思维和强烈的品牌意识，使得每个人都能在其中尽情地找到属于自己的那份快乐与乐趣。

这本书不仅展示了"村超"的成功，还为未来的乡村发展提供了宝贵的启示和借鉴。作为城乡品牌的研究者，我从这本书中学习到了很多乡村品牌打造和传播的宝贵经验。乡村振兴的榕江模式具体可以归结为以下六个方面：其一，文化为本，奠定基础；其二，创意驱动，激发兴趣；其三，品牌引领，定位个性；其四，传播助力，快速"吸粉"；其五，多元共建，凝聚力量；其六，共同富裕，共享美好。特别是多元共建和共同富裕这两个方面，充分体现了榕江县政府"以人民为中心"以及"'村超'是榕江人、贵州人、中国人的'村超'"这样的创新求变谋发展的全新思路。毫无疑问，榕江县已然成为中国乡村振兴的全新典范。在我看来，榕江正面临着从"网红"转变为"长红"的关键节点，需要将活动品牌成功转化为城市品牌，将球场体验有效转化为榕江全域体验，精心做好各村寨的定位，全力打造"一村一品"，促使榕江沿着品牌化的道路稳健地实现可持续发展。

这是一本真实、真切、真诚的书，充满了勇气、创新与坚持的故事，每一个章节都是一个独立的篇章。全书语言生动，叙事流畅，易于阅读，吸引力十足。它是一本适合所有人阅读的书。政府领导能从中获取乡村发展与治理的深刻洞察，传播专业人士能汲取创意与灵感，创意策划人士能发现许多新颖的思路，对乡村文化感兴趣的人则能领略到乡村文化的丰富多彩与独特韵味。我强烈推荐这本书给更多的读者，相信大家从中都会获益良多。

2024年5月

人文经济学视角下的贵州"村超"

胡 钰

清华大学文化创意发展研究院院长

2023年5月，贵州"村超"凭借绝妙的精彩进球、火热的现场氛围、精彩的民俗表演、地道的特色美食、接地气的办赛风格迅速火遍全网。

在"村超"一周年之际，2024年5月，我应邀赴榕江深度调研，以人文经济学为理论视角，共话榕江发展的新路径。在榕江调研，我的一个直观感受是："村超"给当地人民群众带来了快乐感、自信感与希望感。这种精神面貌非常有感染力。

榕江"村超"的发展契合了人文经济学的理论内涵，提供了优质的人文公共品，提升了人文效率，增强了人文效用。要在"村超"和榕江持续发展上下功夫，可以从以下几个方面着力。

首先，要凝练深化"村超"理论。人文经济学的理论逻辑在于，对经济现象的研究不仅要关注经济行为产生的"物"，更要关注作为经济行为主体的"人"。而"村超"的成功经验证明，以"人"为主体的经济发展道路具有可行性。可以聚焦于研究新时代人文经济学的榕江样本，围绕人、文化、经济三大发展要素，为以"人"为主体的中国式现代化探索鲜活经验。人文经济学强调"人文的自觉"，以中国实践为方法，以自主创新为追求，以实现人民群众对美好生活的向往为目标。

其次，要打造青年聚集热土。乡村振兴与县域发展的最稀缺要素还是

"人才"。为此，要借着现在"村超"良好的发展势头，进一步吸引青年创业者和人才，制定更多柔性政策，增强"村超"的人才吸引力。吸引创业者，可以通过提供政策支持和产业资源，为青年创业者打造良好的创业环境；吸引高校青年人才，可以通过实习、挂职等方式，动员高校师生参与地方发展，持续吸纳新鲜的理念和活力。

最后，要打造国际传播品牌。乡村是提升国际传播能力的战略高地，榕江文化可以借助"村超"走向世界。从"走出去"开始，通过有意识的国际传播，增强"村超"在国际上的知名度；进一步实现"走进去"，利用非官方、非刻板的传播方式，让"村超"文化深入国际舆论场。同时，借助"村超"打造中外人文交流平台，为不同国家、不同文化的人群特别是青年人提供文化交流的舞台，以"足球"和"快乐"为世界共通语言，讲好"村超"故事，提升"村超"的国际影响力。由此，可以为榕江未来发展争取到更多来自国际的发展资源。

当下，榕江需要思考和解决三个问题："看完'村超'看什么""看完'村超'说什么""看完'村超'干什么"。

"看完'村超'看什么"这一问题的核心在于如何持续吸引游客、球迷并丰富他们在榕江的体验。"村超"作为一个成功的活动品牌，已经吸引了一定的关注和流量，现在需要将这种关注转化为持续的文化和旅游吸引力，将活动品牌转换为区域品牌。

"看完'村超'说什么"这一问题的关键在于如何将"村超"的成果和影响力固化下来。可以举办小型研讨会、小型论坛等活动，邀请专家学者、行业领袖、媒体代表等共同探讨"村超"的经验、问题以及未来发展。通过这样的研讨，不仅可以形成系统的研究成果，还可以提升"村超"的品牌形象，从舆论热点到理论热点，为榕江未来可持续发展奠定基础。

　　"看完'村超'干什么"这一问题的重点在于如何将"村超"的热度转化为推动当地经济社会发展的动力。政府需要通过吸引"新乡人",即有力、有闲、有情的"三有新乡人"进入榕江,所谓"有力",指的是有资金、有实力,所谓"有闲",指的是已经满足了基本的温饱需求,追求更开阔的人生意义,所谓"有情",指的是那些从心底深处对中国乡村、中华文化有深厚情感的人。要将原乡人、返乡人与新乡人结合起来,形成发展资源,带来新鲜理念,打造支柱产业,推动转型升级。

　　总的来说,榕江的未来发展道路可以提炼为"三纲八目"。"三纲"包括明德、亲民、至善,即深耕地方文脉,服务人民群众,追求共同发展。"八目"指的是文化、创意、传播、品牌、资源、产业、共富、平天下,这既是八个着力点,也是有着内在逻辑的八个环节。

　　从人文经济学的视角来看,"村超"不仅仅是一个文化体育品牌活动,更是一个推动社会进步、实现共同富裕的重要经济发展路径。通过"村超",实现乡村振兴的目标,拓展中国式现代化的理念与道路。通过"村超",展现中国乡村的美丽风光、丰富文化和发展潜力,吸引更多的人关注和参与到乡村的发展中来,共同推动中国式现代化的进程。

　　阅读《"村超"密码》一书,可以看到这一"现象级"乡创实践背后的思索、脉络与打拼,这些"密码"是属于贵州"村超"的,也是属于中国乡村振兴的。对于中国乡村的研究者来说,本书具有极高的资料价值,对于参与中国乡村振兴的实践者来说,本书可以成为具有启发性的灵感源泉。

2024年12月

文化的力量

贺 炜

中央广播电视总台体育频道主持人

之于中国足球，我算是个相对长期的陪伴者，其间酸甜苦辣，如人饮水，冷暖自知。既有哀其不幸的共情，也有怒其不争的无奈，遇到诸如"十多亿人选不出十一个踢球的"这样的问题，只好苦笑。我的标准回答是，"足球和中国足球，不是一回事。"

为什么这样说，恐怕不是简单几句话就能表述清楚的，任何一个对中国足球稍有了解的人，都能罗列出一大堆"我们做错了什么"。可是事物的发展除了总结教训，更需积累经验，"我们做对了什么"，也是不能忽略的方向。

贵州"村超"，恐怕是近两年来在舆论场中关于中国足球少有的正面印象。这印象如此深刻，以至于在中国足球情势低迷的当下，扮演着"出淤泥而不染"的形象，当你环顾四周，发现雾气漫漫，道路不明的时候，"做对了什么"成为引领着我们走出迷雾的那道光。

"村超"最近火了，这是大部分受众的感觉，可是足球在贵州东南部乡村的传承，实际上已经进行了将近百年。世上从没有无缘无故的成功，只有背后默默努力带来的厚积薄发。了解"村超"背后的历史积淀，是我们对这一现象有更深层次领悟的必修课，而一旦深入这里的田间地头，跟人民群众有更多接触，你一定会找到答案，而这答案，和大多数成功案例并无二样，天下大道同也。

有底蕴，就有了厚积的基础，但在迅速更新迭代的移动互联网时代，如何更好地将"村超"故事讲给外面的世界听，这就是功夫了。

本书的两位作者，是在"村超""现象级"传播中"做对了什么"的典型代表，这样成功的传播案例显然不只是两个人的功劳，这个荣誉属于所有参与这场创新活动的人。不过，欧阳和永杰两人却是最深入策划、执行维护全流程的"关键先生"，他们讲述的这个过程，有助于我们充分了解这场风暴是怎么产生的，更有助于我们思考：在当下的传播环境中，如何讲好一个好故事。

这本书并不是"流量运营说明书"，正相反，它通过全链条流程剖析，向我们展示了文化塑造和创新传播的成功案例，以及由此可以引发的思考。想要在这里寻找快捷方式迅速变现的读者可能要失望了，通常意义上的"爆火"更多是靠运气，文化传播走的不是这条路。

中国足球的困境，在于积淀不深厚，发展过程不科学，系统建立不完善。而这些短板，恰恰是"村超"传播过程中规避掉的。去弊兴利，"村超"做对了一些事，也取得了世人皆知的成果，这难道还不能给我们带来些启迪吗？

有历史积淀，提供丰富的内容和传播素材；有传播过程中的科学手段，紧跟时代变化脉络，利用最新的传播介质，扩大影响力；有政府、企业和民众团结一心的保护机制，有利于动态自查，维护优质形象。"村超"做了太多正确的事，才能以今天的样子为我们所熟知。"村超"显然还有更广远的计划，对内树立中国足球的正面形象，对外讲述中国故事，"村超"的脚步没有停下，也不会停下。因为这一切元素叠加起来，有一个更合适的词来概括，那就是"文化"。

读读这本书吧，让我们一起感受文化的力量。

2024年6月

后 记

　　"村超"到底能火多久，会不会是昙花一现？

　　"村超"从开始到现在，得到了各界人士的关心与支持，对于"村超"能否持续下去，各界人士都非常关注。作为"村超"品牌的深度参与者，我们希望从六个方面来粗浅地谈谈看法。

　　第一，跟战略。"村超"在发展方向上，一直在学习"一带一路"倡议、"构建人类命运共同体"的理念、贵州省打造世界级旅游目的地、积极打造融入粤港澳"桥头堡"主阵地等战略。国家及贵州省的相关战略方向，让"村超"得以享受战略红利，有持续发展的战略空间。

　　第二，"超"文化。"村超"本质上是在做文化传播，向世界分享中华优秀传统文化。单一的足球赛事可能不具备生命力，但文化具有持久的生命力，将足球赛事与文化传播结合，打造"超"文化为"村超"奠定文化基调。

　　第三，"超"共享。利他方能持久，格局决定未来。创新、协调、绿色、开放、共享的新发展理念贯穿"村超"的"三步走"战略，每一步都以共享原则办赛。众人拾柴火焰高，把火了的"村超"舞台贡献出来给全国乃至全世界，大家一起共建共享共赢。

　　第四，人民性。"村超"坚持以人民为主体，人民主创、人民主推、人民主接，人民群众参与度极高。"村超"是在打造品牌，品牌收益的主要部分将用于反哺榕江县200多个村集体经济发展和所有"村超"球队、啦啦队、青少年足球训练等，真正做到了人民创建、反哺人民，能保证人民群众的持续热情。

第五，"超"传播。"村超"建立起了自己的传播生态，牢牢把握了讲故事的主动权，不再依赖单一媒介，加之榕江县"三新农"模式的成型，能够稳定输出内容，也能有效地调控热度和节奏。

第六，"超"品牌。"村超"的目标是要打造业余足球世界杯品牌，希望能经过几年的磨合后，推出"'村超'世界杯"，形成标准体系，能够像国际足联世界杯一样持续举办。"村超"不仅在品牌树立后具有稳定性，而且足球赛事本身每年都有新鲜元素。

综上，只要自身做好品牌保护和运营，持续输出优质内容来传播正能量，"村超"就是可持续的。

"村超"具有强大的适应性和创新能力。随着时代的进步和社会的发展，"村超"能够及时调整自身策略，适应新的环境和需求。无论是从赛事形式、文化内涵，还是传播方式、品牌建设等方面，"村超"都展现出极高的适应性和创新能力，使其在面对各种挑战和变化时，都能够迅速作出反应，保持自身的活力和竞争力。

"村超"具有深厚的社会基础和广泛的群众基础。作为一项以人民为主体的赛事，"村超"得到了广大人民群众的热爱和支持。人们通过观看比赛、参与活动等方式，与"村超"建立了深厚的情感纽带。这种情感纽带不仅增强了人们对"村超"的认同感和归属感，也为"村超"的持续发展提供了强大的动力。

综上所述，"村超"的持续性得到了多方面的保障。从战略引领、文化输出、共享办赛、人民主体、传播生态到品牌建设，每一个环节都为"村超"的持续发展提供了坚实的支撑。同时，"村超"的适应性和创新能力，以及深厚的社会基础和广泛的群众基础，也为其未来发展注入了强大的活力和信心。我们有理由相信，"村超"一定能够持续发展下去，成为一项具有世界影响力的赛事品牌。

快乐足球、快乐文化、快乐品牌、快乐平台和快乐经济的完美结合，共同构筑了快乐的"村超"体验。这种结合形成了一个良性循环，使得整个"村超"充满活力。在新的发展观念指引下，我们构建了一个全民参与、共同创造、共同构建的"三步走"战略布局，以实现"村超"成为世界杯草根足球体育文化品牌的宏伟目标。

"村超"刚满一周岁，像刚出生的娃娃，需要社会各界的大力支持和帮助。人民群众的乐子就是我们努力奋斗的路子，从乡村体育的乐子中找到乡村振兴的路子。

"村超"，才刚起步，"'村超'世界杯"在前方奋斗的道路上。"天若有情天亦老，人间正道是沧桑。"我国足球水平长期落后是我们中国人心中的痛，但总要有人去做最基础的土壤改良。"村超"一周岁了，"班超"也在诞生中。我们要从手机游戏中抢回孩子，把他们带到足球场上，真正从娃娃抓起，探索中国足球的未来。"村超"的传播，是播种希望、播种快乐、播种新的足球梦想。